KB262512

예일대 명물교수

함토벤

예일대 명물교수 함토벤

저자_ 함신익

1판 1쇄 발행_ 2008. 7. 4
1판 14쇄 발행_ 2019. 10. 10

발행처_ 김영사
발행인_ 고세규

등록번호_ 제406-2003-036호
등록일자_ 1979. 5. 17

경기도 파주시 문발로 197(문발동) 우편번호 10881
마케팅부 031)955-3100, 편집부 031)955-3200, 팩스 031)955-3111

값은 뒤표지에 있습니다.
ISBN 978-89-349-2996-3 03810

홈페이지_ www.gimmyoung.com   블로그_ blog.naver.com/gybook
페이스북_ facebook.com/gybooks   이메일_ bestbook@gimmyoung.com

좋은 독자가 좋은 책을 만듭니다.
김영사는 독자 여러분의 의견에 항상 귀 기울이고 있습니다.

김영사

가난과 결핍은 나의 힘

나는 목사의 아들로 태어났다. 아버지는 삼양동 달동네에 군용 천막으로 된 개척 교회를 세우고 이웃들과 함께 예배를 보셨다. 검은색 단벌 양복에 하얀 고무신을 신고, 오른손에는 성경과 찬송가 책을 들고 전도를 하기 위해 산동네를 누비시던 아버지의 모습은 수십 년이 지난 지금도 스틸 사진처럼 선명하게 내 머릿속에 남아 있다.

어린 막내였던 나는 아버지가 하시는 일이 전혀 자랑스럽지 않았다. 우리 집의 가난이 모두 아버지가 하시는 일 때문이라고 생각하기도 했다. 그래서 초등학교 입학 전 미국의 원조를 받아 운영되던 탁아소에 다닐 때, '나는 나는 될 터이다. 목사님이 될 터이다'라고 노래 부르고 돌아서서는 혼자 '나는 나는 될 터이다. 음악가가 될 터이다'로 가사를 바꾸어 부르곤 했다. 그때 나의 가장 큰 소원은 아버지의 직업란에 '목사'라고 쓰지 않는 것이었다. 목사만 아니라면 어떤 직업도 용납할 수 있을 것 같았다.

이제 삼양동의 달동네는 없어지고, 그 자리에 아파트가 들어섰다. 어린 소년의 눈과 마음을 홀딱 빼앗아간 정릉고개 언저리의 맛있는 찐빵집도 사라졌다. 정릉 청수장 유원지 계곡에서 술과 음식을 배부르게 먹으며 노래하고 춤추는 사람들을 마치 딴 세상에서 온 사람들인 양 흘긋 대며 개구리와 가재를 잡아 함께 구워먹던 달동네 친구들도 지금은 간 곳을 모른다.

그리고 50에 막 접어든 지금, 나는 어린 시절의 그 삼양동 달동네를 그리워하고 있다. 마이크 없이 카랑카랑하게 쏟아내시던 아버지의 그 설교가 얼마나 은혜롭고 자랑스러운 것이었는지 이제야 깨닫는다.

단돈 200달러를 들고 맨땅에 헤딩하는 심정으로 미국으로 가 온갖 어려움을 뚫고 공부를 하면서, 프로 지휘자로 데뷔하여 전쟁을 치르듯 필사적으로 일을 해오면서, 그리고 예일대 교수라는 타이틀을 얻으면서 나는 깨달았다. 어린 시절의 가난과 결핍과 열망이야말로 나의 50년을 이끌어온 원동력이며 자양분이었음을. 결핍이 오히려 삶의 양분이 될 수 있다니, 인생은 얼마나 신비로운가.

7년 전인 2001년, 대전 시향의 예술 감독 겸 상임 지휘자로 부임하여 고국을 찾았을 때 김영사에서 출판 제의가 왔었다. 당시 나는 극구 사양했다. "해놓은 일도 별로 없고 내세울 것도 없는데……" 하고 생각했다.

이번에는 내가 먼저 개정판을 내고 싶다고 요청했다. 50이 되고 보니 30대, 40대와는 또 다른 세상이 보이고 하고 싶은 말도 생긴다. 무엇보다, 살아갈수록 신비요 기적인 이 삶에 대해서 내가 보고 느낀 것들을 젊은 후배들과 나누고 싶다는 생각이 들었다. 그래서 아주 기쁘고 감사한 마음으로 개정판 작업을 했다.

그동안 앞만 보고 달린 내게는 내가 속한 단체의 성공이 곧 나의 성공이기에 그것을 위해 나의 모든 것을 희생하고 투자해왔다. 성공의 장애물을 만나면 온 힘을 기울여 싸워 이겨야만 하는 가련한 경쟁세계에 나를 가둬놓고 있었다. 남의 성공을 무시한 것은 아니지만 함께 성공하기 위한 방법을 적극적으로 모색하지 못한 것이 아쉬움으로 남는다. 이제 남과 더불어 성공하고 이웃의 성공을 적극적으로 돕고 챙기는 삶을 살고 싶다. 제자를 가르치는 교수로서, 인생을 앞서 살아온 선배로서 후배와 후학들에게 내가 가진 모든 것을 흔쾌히 열고 바칠 수 있는 마음의 준비가 되어있음을 느낀다.

나의 요청을 흔쾌히 허락해주신 김영사의 박은주 사장께 감사를 드린다. 첫 책이 나왔을 때 어린 초등학생이었던 딸 멜로디는 이제 어엿한 고등학생 숙녀로 자라났다. 사랑하는 아내와 딸, 나를 위해 끊임없이 기도해 주시는 부모님 그리고 나의 영감의 원천이 되시는 영원한 마에스트로인 하나님께 이 책을 바친다.

2008년 6월, 함신익

차
례

1장

삼양동 달동네 소년,
예일대 교수 되다

삼양동은 나로 하여금 화창하고, 짓궂고, 매섭고, 유머러스하고, 때로는 눈물이 울컥 치솟는 삶의 수많은 얼굴을 일찍부터 골고루 다 마주치며 자랄 수 있게 해준 공간이다. 형언할 수 없는 인간 감정을 음악으로 표현해내야 하는 오늘의 나에게 가난은 어떤 고급의 문화 체험보다도 값진 양분을 제공해주었다.

너의 키는 2미터

여기는 예일 음대의 어빙 S. 길모어 음악 도서관. 400만여 권의 풍부한 장서를 자랑하는 이 도서관은 예일 음대 학생들이 가장 많이 드나드는 장소이자, 예일대의 가장 아름다운 건물 중 하나이기도 하다. 아치형의 높은 천정을 올려다보며 계단을 올라가던 나는 저만치서 책을 읽으며 내려오는 한 남학생을 보았다. 나의 지휘법 수업을 수강하고 있는 피터다.

"안녕, 피터."

나를 발견한 피터가 갑자기 자세를 추스르더니 어깨를 꼿꼿이 편다.

"그렇지 않아도 오늘 아침 네가 낸 페이퍼를 읽었는데 여기서 너를 만나는구나. 네 숙제, 아주 흥미롭게 읽었다."

긴장했던 피터가 내 말을 듣더니 얼굴에 웃음을 띠며 말한다.

"Thank you, kamsameda!"

내가 수업 중에 "Thank you"와 "감사합니다"를 종종 섞어 말을 해서 우리 학생들도 자기들 귀에 들리는 대로 나에게 그렇게 인사를 하곤 한다.

그런데 조금 전 마주쳤던 피터는 왜 나를 보자마자 어깨를 꼿꼿이 폈을까? 예일대 교정을 걷다 보면 가끔 이런 학생들을 만날 수 있다. 저쪽에서 걸어오는 나를 발견하고 갑자기 자세를 바로잡으며 자신의 키를 쭉쭉 늘리며 걷는 학생들. 그들은 모두 나의 수업을 듣는 학생들이다.

학기 첫날 강의실에 모인 학생들에게 나는 이렇게 질문을 한다.

"자네 키가 얼마지?"

"175센티미터입니다."

"아니다. 오늘부터 네 키는 2미터다. 자세를 곧게 하고, 가슴을 활짝 펴고 네 키가 2미터인 것처럼 하고 걸어라. 캠퍼스에서 나와 마주칠 때 175센티로 보이는 자세를 하고 있으면 자네는 낙제 점수를 받을 거야."

지휘의 기본은 바른 자세다. 나는 학생들에게 지휘 선생님인 내 앞에서는 절대 구부정한 허리와 축 늘어진 어깨를 보이지 말라고 강조한다. 학교 어디에서 마주치든 자신의 키가 마치 2미터인 것처럼 몸을 쭉 펴고 반듯하게 다니라고 이야기한다. 그러니 아무 생각 없이 길을 걷다가도 캠퍼스에서 나를 마주치면 키를 쭉쭉 늘리는 학생이 있는 것이다.

나는 예일 음대의 별난 교수다. 지휘법을 배우려고 내 클래스에 들어온 학생들에게 때로 엉뚱한 것을 가르친다.

중급지휘법 클래스에 플루트를 전공한 한국인 여학생이 있었다.

한국과 독일을 오가며 음악을 배운 뛰어난 학생이었다. 그러나 지휘를 하기 위해 소규모 오케스트라 앞에 서면 연주할 때의 다양한 감정 표현은 없어지고 목석같이 되어버렸다. 수업 시간에 보면 이처럼 학생들이 자신의 악기를 다룰 때와는 달리 지휘를 할 때면 전혀 다른 모습을 보이곤 한다. 익숙하지 않아서일 게다.

이런 경우 학생들이 무대에서 느끼는 어색함과 두려움을 깨주는 것이 내가 할 일이다. 마침 같은 클래스에 비올라를 전공하는 중국인 남학생이 있었다. 그도 탁월한 비올라 연주에 비해 지휘 모습은 이 여학생과 다를 바가 없었다. 이들에게 내가 내린 처방은 "다음 주까지 리 보는 로미오, 지훈은 줄리엣 역할로 10분짜리 연극을 준비해서 동료들에게 보여주라"였다. 지휘법 시간에 연극을 하라니 이 무슨 이상한 교수인가. 두 사람은 나를 복도까지 쫓아 나오며 연극을 안 하면 안 되느냐고 사정을 했지만 나는 그저 싱긋 웃으며 "너희는 멋진 로미오와 줄리엣이 될 거야" 하고 말해주었다.

일주일 뒤 수업 시간이 다가왔다. 그들이 중간에 만나서 연습을 했는지 안 했는지는 내가 알 바 아니었다. 학생들이 호기심 어린 눈으로 쳐다보는 가운데 두 사람이 조용히 앞으로 걸어 나왔다. 창가에서 줄리엣에게 사랑을 고백하는 장면이 나올까, 아니면 두 사람이 처음 만나는 장면일까, 저마다 상상을 했을 것이다.

그런데 이게 웬일인가. 수줍음 많던 한국인 여학생 지훈이 갑자기 강의실 바닥에 픽 쓰러져 버리는 게 아닌가. 사람들 눈이 휘둥그레졌다. 이어서 리 보가 쓰러진 지훈 옆에 주저앉더니 "Don't die, don't die!" 하며 우는 연기를 하였다. 알고 보니 줄리엣이 자살한 뒤 이를 발견한 로미오가 통곡하는 장면이었다. 그렇게 한 1,2분쯤 흘렀을까? 리 보가 갑자기 울음 연기를 그치더니 말짱한 얼굴로 물었다. "교수님, 이렇게 10분 동안 우는 장면인데, 계속할까요?" 이말을 듣고 나를 비롯한 학생들 모두 웃음을 터트렸다.

영어가 모국어가 아닌 두 사람에게 여러 사람들 앞에서 10분 연기하는 것은 사실 부담이 될 수도 있다. 대사 외우는 것만 해도 간단치 않은 일이다. 그런데 재치 있게 두 사람은 죽은 줄리엣과 우는 로미오를 연기함으로서 가장 효율적으로 숙제를 마친 셈이다. 나는 그날 이들의 기지, 그리고 비록 대사 한 마디 없었지만 바닥에 드러누워 몸을 던지는 연기를 보여준 지훈과 리 보의 짧지만 애절(?)한 울음 연기에 엄지를 세워주었다.

그날 이들은 무엇보다 새로운 것에 대한 두려움과 부끄러움을 이긴 사람들이었다. 나는 학생들에게 늘 이렇게 말한다.

"내 수업에서는 끊임없이 망신당할 각오를 해라. 그게 공부다. 당황스럽고 창피스러운 거 못 견디는 사람은 발전할 수 없다. 체면을 버려라."

나의 별난 행동은 교정에서만 볼 수 있는 게 아니다. 가끔 다른 오케스트라단의 객원 지휘를 요청받는 경우가 있는데, 이런 때는 보통 일주일을 잡고 월요일부터 목요일까지 4일 정도 연습을 하여 분위기를 맞춘 후에 금요일과 토요일에 공연을 한다. 늘 같이 화음을 맞추던 사람들이 아니라서 내가 원하는 분위기를 제대로 내지 못하는 경우가 있는데, 짧은 일주일 동안 불가능한 변화를 가능하게 만드는 것을 목표로 삼고 있다.

2007년 10월 멕시코 국립오케스트라를 객원 지휘한 적이 있다. 단원들을 보니 오랜 시간 동안 남미 특유의 기질, 즉 쉽고 편하게 가는 것을 선호하며 연주 생활을 해왔던 단원들이 대부분이었으며, 그 중에는 나이가 지긋한 분들도 많았다. 자기 특유의 전통과 문화를 가진 이런 오케스트라를 일주일 안에 바꾸는 것은 쉽지 않다.

첫날 하이든의 교향곡 49번을 연습하는데 춤곡 형태인 제3악장 〈미뉴에트와 트리오〉에서 발랄한 춤곡 분위기가 전혀 나오지 않는 것이었다. '멕시코 사람들이 춤을 좋아하는데, 왜 이런 분위기가 나는 것일까.' 단원들이 오케스트라에서 오랫동안 연습, 연주해온 방식이 관행으로 굳어버린 것이었다.

호텔에 돌아와 연습 준비를 하며 그들에게 어떻게 새로운 영감을 불어넣을까를 고민하였다. 다음날 아침 나는 아주 밝은 표정으로

"저와 함께 춤을 출 여성단원 계십니까?" 하고 물었다. 아무리 자유분방한 멕시코라지만 동료들 앞에서 낯선 외국인 지휘자와 춤을 춘다고 선뜻 나서기는 어려운 일이었을 것이다. 나는 계획대로 오십대쯤의 첼로 연주자 넬리를 지목하여 앞으로 나오기를 청했다. 평소 오

지휘법을 배우려고 내 클래스에 들어온 학생들에게 때로 엉뚱한 것을 가르치는 나는 예일대의 별난 교수다. 연주 연습을 하다가 단원들과 왈츠를 추는 별난 지휘자이기도 하다.

케스트라는 앉아서 연습과 연주를 하는데 일어서서 연주할 수 없는 첼로를 제외하고는 모두 일어서라고 하였다. 그리고 "넬리와 제가 여러분의 음악에 맞춰 춤을 출 수 있도록 여러분도 춤추듯이 악기를 연주해 주십시오" 하고 지휘를 시작한 후 왈츠를 추기 시작했

다. 단원들이 하나둘 웃음을 띠우며 연주를 하는데, 지금껏 듣지 못했던 신선한 사운드가 홀을 가득 채우기 시작했다. 그들 스스로도 이런 색다른 사운드가 나올 수 있다는 것이 놀랍다는 표정으로 연주에 몰입하였다.

연습이 끝난 후 한 여성 단원이 찾아와 "내일 또 춤추는 시간을 가질 건가요?" 하고 물었다. 나는 "미뉴에트 분위기가 다시 가라앉으면요……" 하고 말했다. 그러자 그 여성 단원은 "지휘자 선생님과 꼭 춤을 추고 싶어요" 했다.

다음날 아침 연습을 위해 연주 홀에 도착하니 오케스트라 매니저가 나를 붙잡고 말했다. "마에스트로, 난리가 났습니다. 많은 여성 단원들이 당신에게 자기도 춤을 추고 싶다는 말을 전해달라네요. 그리고 마에스트로와의 연습이 고작 사흘째인데 당신을 다음에 또 초청하자는 요구가 빗발쳐요."

그날 나는 여러 단원들과 돌아가며 하이든의 교향곡에 맞추어 춤을 추었다. 그 중에는 남자 단원도 한 명 있었다. 별난 교수에 별난 지휘자 소리를 들으면 어떤가? 심심하고 밋밋한 것보다는 좀 별나더라도 이런 생기가 나는 좋다.

별난 지휘자 함신익은 2008년 5월 멕시코 국립오케스트라로부터 다시 초청을 받았다. 다만, 2007년과 다른 점은 이번에는 일주일이 아닌 이주일 동안 네 번 연주회를 했다는 것이다.

피아노가 나를 울렸다

내가 태어난 곳은 노량진, 지금의 행정 구역으로는 서울시 동작구 본동이다. 평안북도 출신인 어머니와 아버지가 만나 혼인하여 신의주에 살다가, 1·4 후퇴 때에 큰누나를 등에 업고 피난 내려와 정착하신 곳이 그곳이다. 한마디로 이산가족 집안이다. 홀어머니를 북에 두고 내려온 아버지는 지금도 텔레비전에서 이산가족 상봉 장면을 볼 때마다 펑펑 우셔서 그걸 바라보는 내 가슴까지 미어진다.

전란 중에 아버지는 폐결핵으로 다행히 의용군 징집은 모면하였으나, 병이 깊어져 거의 죽을 지경에 이르렀다가 어머니의 극진한 간호로 소생하셨다고 한다. 아버지는 잃을 뻔했다가 되찾은 목숨을 하나님이 주신 것이라고 믿고 목사가 될 결심을 하셨다. 정착한 노량진에서 작은누나, 형, 그리고 막내인 내가 태어난 다음에 아버지는 어려운 형편에도 불구하고 뒤늦게 신학 공부를 시작하셨다. 어머니가 억척스럽게 가계를 꾸리며 뒷바라지를 하셨기에 가능한 일이 아니었을까 생각한다. 아버지가 전도사를 거쳐 목회자 생활

을 처음 시작하신 곳은 경기도 덕소였다. 내가 네 살 때 온 가족이
아버지를 따라 서울의 삼양동 골짜기로 들어갔기 때문에, 덕소에
대해서는 잎이 무성했던 옥수수밭과 기찻길 정도만 기억에 남아
있다.

삼양동에서 정릉으로 이어지는 산 중턱, 혼자 아들 둘을 키우는
'경식이 어머니' 김선녀 씨(몇 해 전에 한번 뵈었기에 이름까지 또렷이
기억하고 있다)네 방 한 칸을 세내어 우리 여섯 식구가 살았다. 미국
의 원조를 받아 운영되던 '에덴 탁아소'가 우리 집과 바로 붙어 있
어서 나는 삼양 초등학교 입학 전까지 여러 해 동안 그곳 신세를 톡
톡히 졌다. 다들 보는 자리에서는 '나는 나는 될 터이다. 목사님이
될 터이다'라고 노래 부르고, 돌아서서는 혼자 '나는 나는 될 터이
다. 음악가가 될 터이다'로 가사를 바꾸어 불렀던 기억이 난다. 탁
아소의 학예회나 노래 자랑 시간에 칭찬을 받아 꽤나 우쭐해져 있
었던 탓이리라. 탁아소에서 나눠주는 밀가루, 강냉이 죽, 빵 같은
미군의 원조 물자는 나뿐만 아니라 우리 형제들의 간식이요 식량이
었다.

처음에 아버지는 어느 교우의 집 다락방에 대여섯 명이 모여 예
배를 드리는 것으로 개척 교회를 여셨다. 그러다가 얼마 지나자 서
울 큰 교회의 도움을 받았다며 군용 천막을 구해 와 삼양동 산동네
에 설치하고 십자가를 세우셨다. 기둥에는 종 대신에 빈 가스통을
매달았다. 이렇게 해서 무허가 빈민촌에 임시 막사 교회당이 섰다.
가스통을 장대로 두드리면 '뎅뎅~' 하며 뜻밖에도 꽤 그럴듯하게

울려 퍼지던 그 종소리가 지금도 내 귓가에 쟁쟁하다.

1960년대 초 삼양동은 삽시간에 집을 잃은 이재민, 철거민, 실패하고 좌절한 사람들, 생활고에 찌든 저소득층 사람들이 밀집한 달동네였다. 없이 살아도 오순도순 정을 나누는 좋은 이웃들도 많았지만, 겨우 비바람만 가리고 식솔을 건사하며 허덕허덕 버티다가 조금 먹고살 만해지면 훌쩍 떠나가는 사람들도 많았다.

그러니 아버지의 목회 활동을 반갑게 여기고 의지하는 주민들도 있었지만 '예수가 밥 먹여주느냐?'며 냉담한 반응을 보이는 주민들이 더 많았다. 마을 불량배들은 시도 때도 없이 천막을 찢고, 심할 때는 아예 뜯어 가버리기도 했다. 교회 종소리가 시끄럽다며 돌 던지고 행패 부리기를 일삼았다. 그런 어려움 속에서도 아버지 교회를 찾는 주민은 조금씩 늘어났고, 천막 교회가 조그만 벽돌 건물로 발전하면서 교회는 성장해나갔다.

내 기억 속의 삼양동은 암울한 빈민촌이 아니다. 오히려 동네 이름 그대로 삼각산 남쪽 아래 양지 바른 놀이터였고, 천태만상의 삶을 깊이 들여다볼 수 있는 세상 공부의 터였다.

대보름을 맞으면 둥실 떠오른 둥근 달 아래 활활 타오르는 장작을 잔뜩 채운 깡통을 빙빙 돌리며 뛰어다니다가, 수풀이 무성하게 자란 둑 위에 던져 불을 지르던 기억이 지금도 생생하다.

극성스럽게도 도봉산 아래 쌍문동 샘표간장 공장 냇가까지 원정 갔던 날도 있었다. 냇가에 서 있는 '수영 금지' 팻말을 무시하고 동네 친구들과 개헤엄을 치며 놀다가 공장 수위한테 걸려서 엄청나게 두들겨 맞고 진흙탕을 건너 도망쳐 나왔다. 그 샘표간장 공장은 아직도 거기 남아 있을까?

학교까지 40분 이상을 걸어다녔다. 걷다 보면 공동묘지를 지나야 했는데 그 아래가 무밭이었다. 형과 형 친구들과 어울려 학교 가는 길에 무 서리를 꽤나 했다. 무밭으로 뛰어들어 저마다 무 한 뿌리씩을 뽑아들고 올라와서는 앞니를 이용해 익숙한 솜씨로 껍질을 기막히게 벗겨낸다. 차고 달고 맵고 아삭아삭한 무를 뚝뚝 베어먹으면서 학교에 가던 쩡하니 상쾌한 늦가을 아침들이 그립다.

그 공동묘지가 나중에는 주택가가 되었다. 묘비들을 캐내고 한동안 계속해서 땅을 뒤엎더니 이내 그 자리에 집들이 들어서기 시작했다. 죽은 사람의 집인 무덤을 밀어내고 산 사람의 집이 들어서는 변화가 어린 눈에 말할 수 없이 기이해 보였다. 파헤쳐진 해골들이 누울 자리를 빼앗기고 집 주변을 떠돈다는 소문이 아이들 사이에 떠돌기 시작했다. 그 시절에는 초등학교가 교실이 모자라 한 교실에서 아침반, 오후반, 저녁반 3부제 수업을 했는데, 그 소문이 떠돌면서부터는 저녁반 차례가 돌아오는 것 자체가 우리에겐 공포였다. 해가 다 저문 시각에 그곳을 지나 집에 돌아와야 했기 때문이다.

정릉과 삼양동이 만나는, 지금은 대일외고가 자리 잡고 있는 산 꼭대기에 올라가서 "야호!" 소리를 지르면서 내려다보면 다닥다닥 이어지는 '하꼬방'이라고도 불리는 판잣집이 한눈에 쫘악 들어왔다. 천막으로 겨우 살림을 가린 집, 흙벽돌을 대충대충 쌓아올린 집, 조그맣게 딸린 엉성한 부엌에서 밥보다 못한 것을 끓여먹고 사는 그들의 모습은 저 아래 사는 우리 집 살림과는 또 달라 보였다. 그러나 그들이 불행하다거나 불쌍하다는 생각을 한 것은 아니다. 내가 가난했어도 특별히 불행하다고 느끼지 못하며 살았기 때문이 아닐까 싶다. 성북동의 좋은 집들이나 산꼭대기 판잣집이나 내가 사는 그 아랫동네나, 어린 내 눈에는 그저 조금씩 다른 삶의 모습들에 지나지 않았다.

장안을 들썩거리게 하던 프로 레슬러 김일의 레슬링 경기가 있는 날이면 우리 형제는 만화 가게로 달려갔다. 그 당시 삼양동 만화 가게는 '테레비 보는 집'이기도 했다. 그러나 주인이 인심이 후하지 않아서 아무리 손에 땀을 쥐는 순간이라도 5원어치(한 시간)를 다 보았으면 더는 못 앉아 있게 눈치를 주고, 막대기를 들고 빨리 나가라고 재촉했다. 나중에 아버지가 중고 텔레비전을 구해오셨을 때의 기쁨은 이루 말할 수가 없었다. 5원어치, 10원어치를 헤아리며 마음 졸이지 않고 집에서 텔레비전을 마음껏 볼 수 있게 되었다는 것만으로도 너무나 좋아서, 낡은 텔레비전 화면에서 지익지익 비가 와도 아무 불만이 없었다.

집에서 빈둥거리다가 나른해진 휴일 오후, 주머니에 동전이 있으면 형과 함께 버스를 탔다. 삼양동 버스 종점에서 텅 빈 버스에 오르면 서강까지, 상도동까지, 신림동까지 편히 앉아서 서울을 한 바퀴 구경하고 집으로 돌아올 수 있었다. 삼양동, 송천 국민학교, 미아리, 미아 국민학교, 길음 시장, 미아리 고개, 성신 여고, 삼선교, 혜화동, 서울 대학, 동숭동, 동대문 시장…… 형하고 정류장 이름

외우기 시합을 했다. 길가의 간판을 보며 가게 이름 외우기 시합도 했다.

달동네 이야기가 너무 길어졌다. 화려한 오케스트라 지휘자의 어린 날치고는 조금은 누추한 지난날인가? 그 시절에도 어머니 뱃속에서부터 모차르트 음악을 듣다가 세상에 나오고, 부모가 일찌감치 피아노를 장만해주어서 바이엘 걸음마부터 자기 악기로 시작하는 아이들도 있었다. 아이가 베토벤의 소나타 한 토막만 쳐도 부모가 베토벤 피아노 소나타 전집 레코드를 사서 틀어주는 온실 같은 환경에서 성장하는 아이들도 있었다. 간혹 외국 유명 피아니스트가 한국에 와서 공연이라도 하게 되면 부모와 함께 좋은 옷 입고 그 고급스러운 행사에 참석하는 행운을 누리는 아이도 있었고, 최고급의 레슨만을 찾아다니는 아이들도 있었다.

그런 점에서 봤을 때 나는 문화적으로 매우 척박한 어린 시절을 보냈다. 그러나 풍요로운 문화 환경을 일찍부터 누렸더라면 나의 음악적 성취가 지금보다 더 빨랐을까? 오히려 음악에서 그 어떤 절실함도 갈증도 느끼지 못하고, 오히려 일찍 싫증을 느껴 다른 일에 빠지지는 않았을까?

삼양동은 나로 하여금 화창하고, 짓궂고, 매섭고, 유머러스하고, 때로는 눈물이 울컥 치솟는 삶의 수많은 얼굴을 일찍부터 골고루 다 마주치며 자랄 수 있게 해준 공간이다. 형언할 수 없는 인간 감정을 음악으로 표현해내야 하는 오늘의 나에게 삼양동은 어떤 고급의 문화 체험보다도 값진 양분을 제공해주었다.

나는 동네 아이들에 휩쓸려 여기저기 쏘다니며 놀던 초등학교 3
학년 때에 피아노를 처음 배웠다. 가난한 목회자의 아내로 식구들
끼니 걱정에서 놓여날 날이 없었던 어머니가 한두 푼이 아닌 레슨
비를 들여가며 막내에게 피아노를 가르치려고 하신 동기는 아주 소
박했다. 단지 교회에서 아름답게 성가 반주를 하는 아들을 보고 싶
으셨던 것이다. 아들을 통해서나마 어머니에게 숨겨져 있던 예술적
기질을 꽃피우고 싶으셨던 것도 같다.

처음에는 피아노 가방을 들고 집을 나서면 어쩐지 사내답지 못한
기분이 들었다. 피아노 집 벨을 누르는 순간, 여자아이들만 모여 있
는 방으로 들어간다는 게 싫었다. 그래서 줄행랑을 쳤다가 어머니
한테 들켜서 무릎 꿇고 의자 들고 벌을 받기도 했다. 그러나 금방
피아노와 친해지기 시작했다. 사내아이에게 피아노를 배우게 하는
집이 드물었던 시절이라 어색하고 창피하기는 했지만, 음악이 주는
즐거움을 조금씩 알아가기 시작한 것이다.

어머니의 교육에 대한 집념은 보통이 아니었던 걸로 기억하지만,
그래도 어떻게 피아노 레슨비까지 해결하셨는지 참으로 기적적인
일이다. 교회 피아노 반주자이셨던 박원숙 선생님에게서 처음 피아
노를 배우기 시작했는데, 나중에는 인근 다른 선생님을 수소문하여
한 시간씩 걸어야 하는 먼 곳까지 다니게 하셨다.

개구리, 가재, 메뚜기나 잠자리 잡으러 다니느라 시간 가는 줄 모
르던 내게 피아노 레슨은 또래들과 조금 다른 정신세계로 나아가게
하는 계기가 되었다. 하기야 워낙에 휩쓸려 다니며 동네 골목골목

을 누빌 때부터 나는 딱지치기, 공기, 구슬치기 같은 코흘리개 장난에는 전혀 손을 대지 않았다. 놀려면 전쟁놀이나 축구나 수영쯤은 하면서 놀아야지 그런 ‘잡기’에 열중하는 건 왠지 좀스럽게 여겨졌던 탓이다. 지금도 나는 같은 이유로 화투, 카드, 장기, 바둑은 안 하며, 축구광이다.

그래서 ‘저 자식 목사 아들이라고 젠체한다’고 눈 흘기던 아이들도 있었다. 그러니 내가 피아노 가방을 들고 다니는 것만으로도 친구들은 나를 자신들과 더욱 동떨어진 세계에 사는 아이로 여기게 되었다. 나 또한 피아노가 내게 열어준 세계에 푹 빠져서 아이들과 노는 것과는 다른 재미를 발견해나갔다.

피아노 건반이 어느 정도 손에 익고 난 다음에는 귀에 들리는 가락을 피아노로 쳐보았다. 피아노를 칠 줄 모를 때 하모니카로 했던 것처럼 다장조로만 쳤다. 어느 날 음악 시간에 선생님이 피아노 치는 아이 있으면 손을 들어보라고 하셨다. 내가 손을 들었다. 선생님은 앞으로 나와서 노래 반주를 해보라고 하셨다.

“3월 하늘 가만히 우러러보며 유관순 누나를 생각합니다. 옥 속에 갇혀서도 만세 부르다 푸른 하늘 그리며 숨이 졌대요.”

교회에서 들은 풍월이 있어서, 내 나름대로 간단한 왼손 반주를 붙여서 무난히 쳐냈다.

그 다음부터 음악 시간에 풍금은 언제나 내 차지였다. 4학년에 올라가서는 교회 피아노로 찬송가 반주도 시도해봤다. 이때도 무슨 조의 노래든지 치기 쉽게 다장조로 바꿔 반주를 했으니, 신자들은 음높이가 지나치게 높거나 낮아 따라 부르기 좀 괴로웠겠지만 나는 그저 재미있었다. 아무튼 갈수록 피아노의 세계에 흥미와 의욕을 보였고, 그만큼 연주 솜씨도 부쩍부쩍 늘어갔다. 선생님들도 이런 나를 눈여겨보시곤 했다.

그러나 누군가가 달동네 피아노 집에서 흘러나오는 한 소년의 뛰어난 피아노 소리에 반해서 '너는 이 구석에서 썩기 아깝다'며 그 소년의 뒤를 밀어주기 시작했다든지 하는 그런 꿈같은 사건은 내게 일어나지 않았다. 내 주변의 어떤 요소도 나를 음악 쪽으로 적극적으로 독려하고 몰아가지 않았다.

다만 피아노가 내게 안겨주는 감동과 기쁨만이 나를 점점 피아노에 빠져들게 하였다. 어떤 날은 내 레슨 차례를 기다리는 동안 거기 앉아 있는 아이들을 주욱 바라보며 혼자 생각했다.

'아, 쟤들도 모두 나처럼 피아노를 치면서 행복해 할까? 나처럼 속으로 울고, 웃고, 그 속에서 솟아오르는 감격을 누구와 함께 나누고 싶어할까?'

실제로 나는 바이엘 한 곡의 멜로디를 아직도 생생하게 기억한다. 바이엘 85번. 그 곡을 치면서 나는 내가 자아내고 있는 멜로디에 스스로 매혹되어 이렇게 자꾸만 자문했다.

'아, 다른 사람들이 내 피아노 소리를 듣고 지금 내 안에서 일어나는 것과 똑같은 감흥을 느낄까?'

그 무렵에 어렴풋이 깨달았다. 음악을 한다는 것은 나만의 정서적 순간, 감동의 순간을 창조하고, 그것을 쌓아나가는 작업의 연속이라는 것을.

　그런데 중학교 2학년 때 무슨 사정이 있었는지 레슨을 중단하고 피아노를 잠시 손에서 놓았다. 그때의 허전함을 아직도 기억한다. 손가락이 자기를 건반 위에 놓아달라고 아우성치는 게 느껴졌다. 6개월이 지나도 내 손가락은 여전히 건반을 그리워했다.

운명을 바꾼 지휘봉

　　사춘기의 나에게는 피아노야말로 깊이 빠져들 수 있는 유일한 대상이었다. 피아노는 나를 이 세상의 모든 것에서 해방시켜주고, 환상 속에 머물게 해주었다. 피아노를 치고 있는 순간만은 다른 모든 어려운 일들이 문제가 되지 않았고 내가 왕이었다. 수많은 창을 가지고 원수를 무찌를 수도 있고 하늘을 훨훨 날아 가보지 못한 곳으로 가볼 수도 있었다. 나는 음악에서 그런 풍요로운 상상의 세계를 즐겼다. 피아노 앞에 앉아 있는 동안의 평화로움과 즐거움을 놓치고 싶지 않았다.

　　그러나 현실은 녹록치 않았다. 애를 둘러업은 선생님이 마당에 빨래도 내다 걸고 부엌 설거지도 하고 연탄도 갈아가면서 진행하시는 동네 레슨, 그리고 교회 반주자 역할에서 조금도 더 나아갈 수 없었던 나. 막내아들을 피아니스트로 키운다는 것은 부모님으로서는 뒷감당이 벅차 꿈도 꾸지 못할 일이었고, 나 또한 그런 집안 사정을 알기에 음악가의 길을 가겠으니 나를 더 지원해달라고 이야기할 엄두를 못 내었다.

내가 다닌 경신 고등학교에는 축구팀이 있었다. 피아노 다음으로 축구를 좋아했던 나는 어려서부터 열심히 공을 찼기에 학교 축구팀에 친한 친구가 여럿 있었다. 그 중에는 나보다도 집안 형편이 어려운 친구들도 있어서, 어쩌다가 모처럼 어머니가 도시락을 싸주시면 종일 수돗물로 배를 채워가며 운동장에서 뛰는 그 친구들에게 슬쩍 건네준 적도 있었다.

그런데 가만 보면 기량이 아주 뛰어난 친구들도 집안 형편 때문에 학년이 올라갈수록 축구팀 안에서 실력을 제대로 평가받지 못하고 남몰래 좌절하는 경우가 많았다. 나는 가난 때문에 겪어야 하는 그들의 고충을 충분히 공감했으며, 가난이 꿈을 펼치는 데에 걸림돌이 되는 현실에 울분을 느꼈다. 그런 한편으로 나 자신에게 반문할 수밖에 없었다.

'축구만 해도 사정이 호락호락한 게 아닌데, 피아노는? 음악 분야야말로 가난한 목사 아들이 발을 들여놓기엔 나와 너무 동떨어진 화려한 세계가 아닌가.'

그런 갈등 속에서도 주일이면 변함없이 아버지 교회에 나가 내가 사랑하는 피아노 앞에 앉아 있었다. 내 또래의 음대 지망 학생들 수준에는 훨씬 못 미칠망정 피아노 레슨도 꾸준히 받았다. 그러다가 진로 선택을 더는 미룰 수 없어진 고등학교 2학년 2학기 때 비로소 나는 음대에 진학하기로 마음을 굳히고 집안의 허락을 얻어냈다.

뒤늦게 시작한 음대 입시 준비에도 불구하고 나는 건국 대학교 음악과에 수석 입학하는 기쁨을 누렸고 장학금까지 받았다. 비로소

피아노 전공자로서 본격적인 음악 공부의 첫걸음을 내디딘 것이다.
음악에 대한 한결같은 순수한 정열로 꿋꿋하게 강단을 지키시다가
최근에 세상을 떠난 피아니스트 김원복 선생님은 잊을 수 없는 나
의 은사다. 나의 기량을 다져나가기에 학교 레슨만으로는 부족하다
고 느끼셨는지 나를 후암동 댁으로 불러 수시로 보충 레슨을 해주
셨다. 선생님 댁 야마하 피아노 앞에서 나의 피아노 실력은 거듭났
다. 레슨비는 내 감사의 마음을 담은 꽃 한 송이가 전부였다. 그만

큼 나를 오로지 사랑으로 독려하고 후원해주셨던 분이다.

나는 피아노 방의 사방 벽과 문에 담요를 둘러치고 소리를 줄여주는 소프트 페달을 눌러놓은 채로 밤낮을 가리지 않고 무지막지하게 피아노를 쳐댔다. 아무리 주변 사람들이 너무 늦었다, 손이 굳었다, 체계 없이 배워서 기본이 허술하다 등의 회의적인 이야기들을 툭툭 던져대도 나는 내가 가진 잠재력을 믿었다.

'비록 시작은 늦었지만 다들 두고 봐라, 내 안에는 터뜨릴 수 있는 폭탄이 너무 많다.'

집집이 다닥다닥 붙은 산동네다 보니 이 집 저 집에서 참다못한 항의가 이어졌지만 폭발하는 내 열정을 누르진 못했다.

나는 자존심 강한 신입생이었다. 다 늦게 음대 지원자 대열에 끼어들어, 그나마 고3 한 해의 시간마저도 입시 전문가의 레슨 한 번 변변히 받아보지 못한 내가 아닌가. 어머니 치맛자락에 감겨서 실기 점수 몇 점을 더 올리기 위해 이런저런 묘방을 찾아다니며 돈 치레를 하는 수험생들도 많다는데, 그들과 어깨를 나란히 겨루어서 내 실력과 처지에 맞게 당당히 장학생으로 대학에 발을 내디뎠으니 내 자존심은 남다를 수밖에 없었다. 이제 그토록 목말라 했던 음악적 환경은 학교가 넉넉히 베풀어줄 터이니, 이 길로 매진하는 일만 남았다는 생각에 두 어깨를 쭉 펴고 걸을 수 있었다.

그러나 학교생활에 익숙해져 갈수록 주위를 둘러보면 왠지 모를 침체된 분위기가 느껴졌다. 비주류 그룹에 속하게 된 사람들 특유의 현상이라고나 할까, '노력해서 요 정도밖에 안 되었는데 억지로

4년을 보내봤자 어떤 특별한 비전이 있겠나' 하는 자포자기의 분위기였다. 음악사와 성악을 가르치신 백원정 선생님은 의욕을 잃고 방황하는 학생들에게 자신감을 불어넣으려고 무척 애쓰셨던 분이다.

"음악에 비유하자면 대학 과정은 겨우 서곡에 지나지 않는다. 열심히 공부하면서 너희가 장래에 무엇이 될 것인가를 모색해나가는 과정이다. 판가름은 그 뒤에 난다. 미리 앞날을 부정적으로 바라보고 노력조차 하지 않는다면 결과는 뻔할 수밖에 없다. 미리 포기하지 마라."

나와 피아노의 만남에 교회가 매개가 되었듯이 이번에도 돌파구는 교회에서 찾아졌다. 중고등학교 때도, 대학 입학 후에도, 나는 아버지 교회의 붙박이 반주자였다. 고등학교 때부터는 어린이 합창단의 반주자 노릇도 했는데 도중에 지휘자가 갑작스러운 사정으로 그만두는 바람에 내가 지휘를 맡게 되었고, 그러는 사이에 나는 대학생이 되었다.

우리 과의 침체된 분위기가 나에게까지 전염되어 오던 그 무렵, 마침 우리 교회의 합창단은 연세 대학교 총장기 쟁탈 어린이 합창 경연 대회에 참가하게 되었다. 1년 넘게 내 손으로 이끌어온 아이들을 대회 무대에 세우려고 생각하니 지도에 열성을 다하지 않을 수 없었다.

연세 대학교 대강당이 대회장이었다. 대회가 열리는 날 아침, 모처럼의 바깥나들이에 들뜬 달동네 꼬마들을 이끌고 연세 대학교로

갔다. 미리 도착한 합창단들은 바깥 운동장에 끼리끼리 무리를 지어서 마지막 연습에 열을 올리고 있었다. 그들은 영락 교회, 충현 교회, 순복음 교회 등 쟁쟁한 대형 교회에서 참가한 80~90명 규모의 성가대였다.

흰 깃을 빳빳하게 다린 새 가운을 차려 입고 키보드 반주에 맞춰 총연습을 하고 있는 그들과 견주어보면, 우리 삼양 교회 합창단의 모습은 엉성하기 이를 데 없었다. 다들 나름대로는 깨끗하게 갖추어 입으려고 애를 쓴 흔적이 역력했지만 색깔조차 제대로 통일이 안 된 복장에, 인원도 30명이 채 못 되었다. 키보드 같이 비싼 장비는 당연히 없었다.

나는 주머니에서 피치파이프를 꺼내서 불며 기준 음을 잡아주었다. 모두들 그 소리에 맞춰 입을 모아 음을 고르고 연습에 들어갔다. 세탁소에서 줄여 입은 아버지 양복에, 교련 필수 과정인 문무대 입소 훈련을 막 마치고 돌아와 바싹 치켜 깎은 머리. 지휘봉을 잡은 내 모습 또한 미끈한 연미복 차림의 큰 교회 성가대 지휘자에 견주어 촌티가 풀풀 났다. 아이들도 분위기에 눌려 기가 죽어 있었고, 나도 속으로 야, 이거 상대가 될까 싶어졌다.

"자, 애들아, 이런 큰 무대에 서서 여러 교회 합창단과 실력을 겨루게 된 것 자체가 굉장한 경험이 되겠구나. 여기서 우리 그 어떤 다른 합창단보다도 좋은 소리를 만들어보자. 여러 달 동안 선생님하고 연습한 그대로만 하면 된다."

이때도 그랬지만 그 뒤로 세계 여러 지휘 경연 대회에 출전하면서 내게는 대회에 임하는 배포랄까, 나름의 노하우가 있다. 원래 경연장에 나가 앉으면 남이 무조건 나보다 더 잘하는 것처럼 느껴진다. 그것은 긴장된 가운데 상대방의 연주에서 내게 없는 좋은 점만 찾아내며 민감해지기 때문이다. 생각이 '저 사람은 저 부분을 저렇게 능숙하게 처리하는데!', '저런 테크닉은 정말 흥미롭구나!'와 같은 방향으로 치닫게 되면 자신감이 급작스럽게 줄어들어 나의 연주에 안 좋은 영향을 끼치기 쉽다. 그럴 때는 거꾸로 나는 가졌는데 다른 연주자는 가지지 못한 장점이 무엇인가에 주안점을 두고 바라보아야 한다. 그러다 보면 없던 배짱도 생기면서 심리적으로 유리한 고지를 차지할 수 있게 된다.

단원 수로도 행색으로도 우리를 압도했던 많은 합창단들은 뜻밖에도 무대 위에서 그리 웅장한 소리를 뿜어내지 못했다. 발성의 기본이 안 되어 있는 채로, 잔재주만 많이 부려서 소리를 냈다. 나는 조금씩 어깨가 펴지면서, 우리 합창단 30명이 그들 80명보다 더 울림이 좋고 발성이 잘된 소리, 생명력이 있는 소리로 대강당을 채울 수 있게 하리라고 다짐했다.

결과는 대성공이었다! 〈거룩한 성〉을 부른 삼양 교회 합창단은 그날 1등상을 받았다. 웬 꼬질꼬질한 아이들이 무대에 올라 미성의 '하이 G'를 아름답게 뽑아내며 성숙한 역량을 자랑하니 나인용·윤학원·이규순 선생 등 심사위원들은 눈 비비고 우리를 다시 보았다. 깔끔한 복장에 규모도 훨씬 큰 여타 합창단과는 질적으로 분명히 차별되는 소리였던 것이다. 일찍 나온 아이들에게 사탕 하나 쥐

어줘 가며 꾸준히 소리의 기본 틀부터 가꾸어나간 나의 훈련 방법이 상당한 효과가 있었다는 것이 객관적으로 증명된 셈이었다.

이 대회에서 1등상 수상의 영예를 안고 나서 삼양 교회 성가대는 한동안 매우 바빴다. 극동 방송국, 기독교 방송국의 출연 요청을 받아 노래를 불렀고, 우리의 연주가 테이프로 만들어져 널리 배포되었다. 유관순 기념관에서 열린 음악 축제에 특별 출연하는 영광도 누렸다.

그때까지 발성학을 제대로 공부한 적은 없었지만 나는 그 일로 인해 나에게 소리를 다루는 능력, 소리를 조형해내는 능력이 있다는 자신감을 갖게 되었다. '남과 더불어 만들어나가는' 지휘라는 음악 행위는 기악 연주자로서의 단독적인 음악 행위 이상으로 매력적이며, 그게 바로 하늘이 주신 나의 재능과 가장 잘 맞아떨어지는 일이라는 확신도 생겼다. 사실 지휘자의 세계는 고등학교 때부터 동경해왔기 때문에 나는 마침내 그 막연한 동경을 현실로 옮길 용기를 내게 된 것이다.

2학년을 마치고 군에 입대했다. 3년간의 군대 생활을 마치고 학교로 돌아왔을 때, 내면의 모든 갈등은 이미 말끔히 정리되어 있었다. 남은 대학 생활은 지휘자의 길을 가기 위한 준비 기간으로 삼아 최선을 다하고, 대학 졸업과 함께 미국으로 가서 본격적인 지휘 공부를 한다는 계획을 세웠다. 물론 그 누구에게도 내 유학 계획을 발설하지는 않았다. 공연히 허황된 꿈을 꾸는 사람으로 비쳐지기는 싫었기 때문이다.

시간이 허락되는 한 모든 연주회, 지휘 세미나, 워크숍을 쫓아다 니기 시작했다. 시립 합창단 총무로 계셨던 성악가 외삼촌은 내 가장 든든한 초대권 조달책이셨고, 조카가 폭넓은 음악의 현장을 접할 수 있도록 가능한 모든 방법을 동원하여 나를 후원해주셨다. 아무리 꼭 가고 싶은 공연, 꼭 가야만 할 공연이라 해도 내 돈 내고 표를 사서 들어갈 형편은 도저히 못 되었다. 그러니 초대권을 얻지 못한 공연을 보려면 수위 아저씨들의 묵인 아래 연주 홀 뒷문을 이용해야 했다. 이 지면을 빌어 외삼촌과 뒷문 출입을 허락해주었던 수많은 수위 아저씨들에게 다시 한 번 감사를 드린다.

나는 교내 행사, 교외 행사를 가리지 않고 지휘봉을 잡을 수 있는 기회가 생기면 놓치지 않았다. 행사 시작할 때의 애국가 지휘까지도 가능하면 내가 하겠다는 자세로 살았다. 충현 교회, 북한 선교회를 비롯한 몇몇 교회 합창단의 지휘자로도 활동했다. 작곡가 황철익 선생님은 일본에 갔다가 학교 정기 연주회 전에 귀국을 못하시게 되자 국제 전화로 내게 지휘를 부탁하셨다. 그 덕에 학교의 정기 연주회에서 지휘봉을 잡는 행운도 누렸다.

그때나 지금이나 나는 한번 목표를 세우고 나면 나의 온 존재를 던져 그 일로 돌진한다. 내가 그렇게 전력을 다하면, 희한하게도 내 주변 상황 또한 그 일 중심으로 풀려나간다. '뜻이 있는 곳에 길이 있다'는 격언은 절대로 공허한 소리가 아니다. 나의 지난날을 돌아보면 내가 뜻을 세웠을 때, 언제나 길은 찾아졌다. 기회는 막연히 기다리는 사람에게는 오지 않는다.

내 기억으로는 한국의 음악 대학원에 지휘 전공이 없었던 시절, 보통 사람들에게는 지휘를 전공한다는 개념조차 희박하던 시절에 나는 이렇게 스스로 경험을 쌓아가며 지휘자가 되는 길을 '창조'해 나가기 시작했다.

단돈 200달러 들고 미국으로

음악에 모든 것을 걸고 미국으로 떠나겠다는 결심을 털어놓았을 때, 아버지는 그저 난감해하셨다. 가까운 친척 중에는 집안 형편에도 아랑곳없이 '미국병'에 걸려 부모 속을 썩이는 철부지라고 나를 은근히 비난하는 분도 계셨다. 형제나 어머니 또한 내 뜻에 동조하든 안 하든, 어차피 현실적으로 도움을 주기 어려운 형편이었다.

그렇다고 실망할 이유는 없었다. 어차피 부모님의 허락이 필요했던 것이지, 그 이상의 물질적 후원을 바랐던 것은 아니었다.

"보내주시기만 하십시오. 미국 땅에 떨어지고 난 다음부터는 모든 것을 제가 알아서 하겠습니다."

나는 오로지 이 말만을 거듭하여 부모님을 설득했다.

백방으로 알아보기 시작하니, 다행스럽게도 상황이 아주 비관적인 것만은 아니었다. 무엇보다도 그 무렵에 미국은 엄청난 오일 경제 호황에 힘입어 학교마다 장학금이 후한 편이라고 했다. 미국에는 오로지 재능 한 가지만 보고 학생에게 교육의 기회를 베풀어주는 대학들이 드물지 않으니 그런 학교를 알아보라고 귀띔해주는 사람도 있었다. 유학 정보라는 것이 흔치 않던 그 시절, 나는 수소문 끝에 휴스턴이라는 곳에 있다는 텍사스 남부 주립대에 가능성을 두고, 내 피아노 연주 녹음테이프와 지휘자로서의 포부를 자신 있게 펼친 자기 소개서를 보냈다.

얼마 후 그 대학에서 나를 받아주는 것은 물론이고 전액 장학금을 대주겠다는 답신을 보내왔다. 나는 그 학교가 어떤 학교인지 더 자세히 알아보려고도 하지 않았다. 돈 안 받고 공부시켜주겠다는 사실만으로 충분했으니까.

입학 허가서를 손에 쥐고 나서, 서둘러 비자 신청을 했다. 미국에 가려면 비자 받느라고 먼저 진을 다 빼야 한다는 걸 처음에는 몰랐다. 당일에 비자 인터뷰를 해야 할 모든 사람이 오전 9시부터 12시까지 미국 대사관 영사과 대기실에 마냥 앉아서 대기하다가 자기 이름이 불리면 들어가는 비효율적인 방식으로 심사가 진행되었다. 내 이름을 불렀을 때 나는 들어가서 내가 작성해간 서류를 제출하고 인터뷰를 했다. 하루 인터뷰한 사람이 100명쯤 되면 그 중 한 사람이나 비자를 내줬을까. 거의 모든 사람들이 들어갈 때는 잔뜩 긴장해서 들어가고 나올 때는 시무룩해져서 나왔다. 나도 예외가 아니었다. 퇴짜 맞고 다시 날짜 잡아 기다리다가 나가서 또 퇴짜 맞고, 그렇게 연거푸 퇴짜를 맞았다.

유학을 가려면 12월에 출국을 해야 했고, 아니면 교직원 임용 순위 고사에 합격하여 발령받은 북악 중학교에 1월부터 출근을 해야 했다. 그건 유학의 꿈을 접는 것을 의미했다. 두말할 것도 없이 내 마음은 이미 유학 쪽으로 굳어 있었지만, 두 번이나 비자 심사에서 퇴짜를 맞고 보니 출국 예정이 틀어지기 시작했고, 여러 가지로 혼란스러워졌다.

세 번째로 다시 대사관에 간 날, 수위가 내게 다가오더니 서류를 좀 보자고 했다.

"학생, 서류부터 틀렸어. 학생이 혼자서 썼나?"

"유학원 같은 데 맡기자니 돈이 들 거 같아서 저 혼자 했습니다. 뭐가 잘못되었습니까?"

"요 앞 길가에 이런 서류들만 봐주는 사무실들이 있어. 거기라도 가져가서 보여 봐. 이거 가지고는 안 되겠어."

그 말을 듣고서 대서소 비슷한 조그만 사무실 한 군데로 들어가 서류를 보였다.

"잔고 증명을 안 했는데 비자가 어떻게 나오나."

"잔고 증명이요?"

"통장에 돈이 좀 있다는 걸 보이는 거지. 미국 사람들은 빈털터리는 안 들여보내줘."

"그럴 만한 돈이 없으면 어떻게 합니까?"

"그 돈은 잠시 집어넣어만 두면 되는 돈이야. 비자 나오거든 얼른 빼서 갚아준다고 하고 어디서든 꿔다가 넣어. 안 그러면 미국 못 가지."

그 충고대로 나는 급히 돈을 꾸어다가 통장에 넣고 통장 내용을 복사해 내 서류에 첨부했다. 다시 인터뷰 날짜가 나왔는데 2월 중이었다. 그렇잖아도 미국 땅에 떨어지면 천지분간도 못할 처지에 학기가 시작한 다음에야 떠나게 생겼으니 난감하기 이를 데 없었다. 날마다 영사과 대기실에 나가 대책 없이 서성거렸더니 지난번 그 수위가 딱해 보였던지 수완을 발휘하여 나를 인터뷰 대기자 명단에 끼워넣어 주었다. 이번에는 결코 일을 그르쳐서는 안 되므로 통역을 붙여달라고 했다. 대사관의 한국인 여직원이 통역을 맡아주었다. 영사가 왜 미국에 가려고 하느냐고 물었다. 통역이 있어서 내 짧은 영어로 더듬거리지 않아도 되니까, 훌륭한 지휘자가 되어서 돌아와 한국 사회에 공헌하겠다는 포부를 제대로 밝히고 이렇게 덧붙였다.

"여기 첨부한 서류를 보시면 아시겠지만 어린이 합창단 지휘자로도 활동했고 학교에서도 많은 연주를 했고, 상도 받았습니다. 내가 가서 공부하고 오겠다는데, 또 미국의 학교가 나에게 돈 대줘가며 공부시키겠다는데, 뭐가 문제가 되어서 비자를 안 내주는지 모르겠습니다."

곁에 있던 통역사가 내가 펼친 자료들을 보더니 내게 유리할 것 같은 사실들을 자기가 더 적극적으로 보태서 영사에게 통역해주었다. 영사는 내일 당장이라도 떠나야 할 만큼 시간이 촉박하다는 내 사정을 듣고는 이튿날 비자가 나오도록 파격적인 조처를 해주었다.

비자 이야기가 나온 김에 잠깐 옆길로 새면, 미국은 비자 문제에 있어서는 그 시절에도 지금도 정말 이해할 수 없는 나라다. 비자를 안 주려고 들면 끝내 안 준다. 한 번 퇴짜 맞은 사람은 여간해서는 비자를 못 받는다. 목사인 나의 형님은 그런 알 수 없는 이유로 동생이 대학 교수로 자리 잡아 살고 있음에도 불구하고 미국 땅을 밟지 못했다.

레이니 주한 미국 대사 시절, 드디어 형이 비자를 받을 수 있는 기회가 왔다. 내가 재직하는 예일 음대의 학장은 나와 막역한 친구이자 동료다. 그와 함께 한국을 방문했을 때, 그가 레이니 대사가 자기 친구라며 같이 만나러 가자고 했다. 나는 적당한 기회를 봐서 레이니 대사에게 이렇게 따졌다.

"주한 미 대사관에서 내 형님한테 비자를 안 줍니다. 내가 미국 시민권자로 미국에서 충분히 안정된 생활을 하고 있고, 형님은 목사입니다. 집회 하러 미국에 갔다가 안 돌아오는 한국인 목사가 대체 얼마나 되기에 단지 목사라는 이유로 비자를 안 내줍니까? 형님이 비자를 못 받는 것은 나와 한국에 대한 모욕이라고 생각합니다."

레이니 대사는 그 자리에서 곧장 비서한테 전화를 하더니 형님의 비자 인터뷰 날짜를 잡아주었고, 형님은 곧바로 비자를 받을 수 있었다.

미국 비자 이야기가 길어졌는데, 아무튼 나는 미국 대사관 수위 아저씨 덕분에 무사히 비자를 얻을 수 있었고, 1983년 12월 김포 공항을 떠났다. 아버지가 내게 쥐어주신 미국 돈 200달러, 그게 내 미국 생활 밑천의 전부였다. 그로부터 10년 후 내가 KBS 교향악단의 객원 지휘자로 한국 무대에 섰던 날, 무대 뒤에서 아버지는 나를 붙들고 "네가 떠나던 날, 영어도 제대로 못하는 네가 아무 가진 것도 없이 어떻게 미국 생활을 해나갈지를 생각하니 가슴이 미어졌다"고 새삼 옛 이야기를 꺼내며 감격의 눈물을 흘리셨다. 그날 부둥켜안은 아버지와 아들은 똑같이 10년 전 김포 공항의 이별을 떠올리고 있었다.

미국에서의 지휘 공부 10년, 지휘 경력 25년. 나는 가진 것 없어도 늘 새로운 도전 앞에 당당했다. 그리하여 프로 지휘자로 미국 무대에 서기까지 단 1달러의 등록금도 들이지 않고 내가 배우고자 한 모든 것들을 섭렵할 수 있었다. 이제 그 미국 생활 25년을 공개한다.

라이스 대학의 억척 청강생

텍사스 남부 주립대 캠퍼스에서의 첫날, 나는 학생의 90퍼센트 가까이가 흑인이라는 사실을 알았다. 오르간 선생님 빼고는 교수도 다 흑인이었다. 피아노, 지휘, 오르간, 성악 등 각 과목 담당 교수들은 동양에서 온 말 서툰 신입생의 실력을 첫눈에 높이 평가해주고 환영했지만, 그곳의 돌아가는 사정이 웬만큼 파악이 되자 자꾸만 그 학교의 한계점만 눈에 들어왔다. 결국 나는 더 나은 학업 환경을 찾아 바깥을 기웃거리기 시작했다. 먼저 근처에 있는 휴스턴 주립대학을 탐색해 보았다.

한국식으로 생각하면, 자기가 들어간 대학의 수업에는 전념하지 않고 학기 초부터 다른 학교를 넘보았다는 것이 이상할 수도 있겠다. 그러나 미국에서의 청강생 개념은 한국과 다르다. 미국의 대학생들도 물론 자기 대학에의 소속감을 소중하게 여기고, 모교에 대한 자부심도 강하지만, 공부 면에서는 철저하게 실리 중심으로 움직인다. 자기가 섭렵하기로 마음먹은 분야가 학교 강의만으로 충족이 안 된다고 판단되면 다른 대학의 강의에서라도 필요한 부분을 기어코 보충하는 학생들이 많다. 물론 담당 교수에게 사전 양해는 구해야 한다. 그렇기 때문에 청강생은 그다지 껄끄러운 존재가 아니다. 청강생이나 청강생과 섞여서 수업을 듣는 학생이나 그런 상황을 거의 일상적으로 받아들인다. 아니, 정규 학생이냐 청강생이냐 하는 신분상의 문제는 그들에게 별 관심사가 아니라고 말하는 게 더 정확할지도 모르겠다.

나는 미국 유학 생활 초기부터 이런 개인 성취 중심의 학풍이 나와 매우 잘 맞는다고 느꼈다. 학교의 커리큘럼에 안주하지 않고 얼마든지 자신의 관심 분야를 확장시키며 학문적 욕구를 깊이 있게 채워나갈 수 있으리라는 생각에 더욱더 의욕이 솟아났다.

그렇게 해서 휴스턴 주립대학 지휘과 레이 무어 교수와 첫 인연을 맺게 되었다. 그는 놀랍게도 첫 만남에서 나에게 정기적인 개인 레슨을 약속해 주었다. 아무 조건 없는 무료 개인 레슨을 한동안 베풀어주더니 곧이어 자신이 지도하는 체임버 콰이어, 즉 소편성 합창 수업에 청강생으로 들어오라고 했다. 바흐의 〈크리스마스 오라토리오〉를 공부했는데 무어 교수는 첫 연주부터 오디션을 통해 나를 독창자로 세웠다. 등록금 꼬박꼬박 다 내고 수업에 나와 앉아 있는 학생들을 젖히고 청강생이 솔로로 뽑혀 교수의 개인 지도가 집중되었으니 어찌 보면 주객이 뒤바뀐 셈이었다.

나는 거기에 만족하지 않고 다시 사립 명문 라이스 대학으로 원정을 갔다. 앞서 말했듯이 미국 대학 안에서는 청강이 상당히 보편화되어 있지만, 라이스 대학의 지휘 클래스는 정원이 두세 명밖에 안 될 정도로 소수 정예 수업을 지향하기 때문에 좀 예외적인 상황이었다. 그러나 상황이 호락호락하지 않다고 해서 지레 포기하는 경우란 내 사전에는 없다. 일단은 부딪쳐봐야 했다. 나는 내가 가진 실력과 가능성, 포부, 나의 현재 상황, 그 모두를 교수에게 털어놓으며 청강생으로 받아들여달라고 했고, 결과는 '오케이'였다. 지휘과 전공 학생이 듣는 강의 전체를 청강해도 좋다는 허락을 받아낸 것이다.

지휘 강의는 여러 가지로 구성되어 있었는데 그 중 현대 작곡가 힌데미트의 『뮤지션십 트레이닝』을 교재로 한 강의의 경우, 하루에 한 단원씩 나가니 책을 미리 읽고 진도 따라가기에도 벅찼다. 음악인의 소양, 청음, 총보 읽기 등 다른 강의들도 프로그램이 만만치 않아서 고도의 긴장과 집중을 요구했다. 내가 갈망했던 것이 바로 그런 강의들이었기에 잠자던 도전 욕구가 살아나며 힘이 솟았다.

'총보 읽기' 강의의 한 프로그램으로, 연주자들이 직접 나와서 오케스트라 연주의 테크닉에 대해 악기별로 강의하는 시간이 있었다. 이를테면 현악기를 다루는 시간에는 휴스턴 심포니의 악장(콘서트마스터, 제1바이올린의 수석이며 단원 전체를 통솔하는 역할을 맡는다)으로 있는 바이올리니스트가 와서 강의를 했다. 지휘자의 통솔 아래 연주에 임하는 단원의 입장이기에, 지휘자가 알아야 할 현악 테크닉뿐만 아니라, 지휘자가 몰라야 될(관여하지 말아야 할) 테크닉에 대해서도 역설하는 것이 특히 귀 기울일 만했다. 그들은 이런 강의를 통해 지휘자의 역할에 대한 자신의 평소 생각도 털어놓았는데,

그 내용은 당혹스러우면서도 흥미로웠다. 심지어 관악 파트 시간에 초청된 휴스턴 심포니의 트럼펫 주자는 "지휘자들, 제발 아무 이야기도 하지 마라. 그냥 흔들기만 해라"라는 파격적인 발언을 하기도 했다. 많은 말을 늘어놓지 말고 지휘봉으로 모든 것을 표현하라는 속뜻이 담긴 가르침이었다. 이것은 바로 지금까지도 내가 어렵사리 추구하고 있는 지휘 스타일이기도 하다.

이처럼 프로 연주자들 저마다의 개성이 실린 '지휘자론'은 강의를 듣는 학생들에게 지휘자란 오케스트라 안에서 어떠한 존재여야 하는가에 대해 많은 생각을 제공해주었다. 멀지 않은 장래에 프로의 세계에 뛰어들어 크고 작은 오케스트라의 지휘대에서 지휘봉을 휘두르게 될 지휘자 지망생들에게 그야말로 싱싱한 산지식이 아닐 수 없었다. 프로 오케스트라가 요구하는 좋은 지휘자의 덕목이 어떠한 것들인지를 나는 이런 강의들을 통해 어렴풋이 알아나갔다.

나는 윌리엄 체이슨 교수의 피아노 수업에도 들어갔다. 이분 또한 특별히 나를 아껴주셔서 자기 스튜디오로 불러 무료 레슨까지 해주었다. 성악과의 재닛 롬바드 선생에게도 큰 도움을 받았다. 매주 한 번씩 스튜디오에서 무료 개인 레슨을 해주었는데, 주 1회의 스튜디오 개인 레슨은 전공 학생에게나 주어지는 기회였다.

이러다 보니 어느덧 온종일 라이스 대학 캠퍼스에 머무는 날이 많아졌다. 아무런 배경도 후원자도 없이 맨몸으로 부딪쳐서 라이스 대학의 여러 교수로부터 인정을 받게 되는 과정은 내가 알지 못했던 나를 발견해나가는 과정이기도 했다. 저절로 힘이 솟아나 더 노력하고 더 열정을 쏟게 되었다.

재학생보다 우수한 청강생으로 인정받아야 한다는 생각에 밤늦게까지 라이스 대학 연습실에서 다음날의 수업 준비를 하고 집으로 돌아오곤 했다. 새벽 한두 시경에야 학교에서 출발해 집으로 돌아올 때도 많았다. 밤늦도록 준비는 열심히 다 해놓았는데 이튿날 내 고물 중고차가 시동이 안 걸리는 바람에 정작 학교 수업에는 못 나가는 불상사를 몇 번 당하고 나서는, 아예 도서관 열람실에서 잠시 눈을 붙이고 다음날 수업이 있는 강의실로 직행하기도 했다. 그러다가 한밤에 대학 경비원과 시비가 붙어 도서관 뒤에서 한판 싸운 적도 있었다.

각개격파 식 청강 생활로 한 학기가 후딱 흘러가고, 1985년 봄 나를 인정해준 여러 교수의 도움으로 나는 드디어 오디션을 거쳐 라이스 대학의 정식 학생이 되었다. 미국에 간 지 한 해 만의 일이다. 텍사스 남부 주립대학에서 받았던 것보다 더 후한 장학금 혜택도 받게 되었다. 기숙사에서 생활할 수 있게 되어 궁색한 자취생, 하숙생 생활을 청산하게 되었다는 것도 기쁨 중의 하나였다. 나를 미국으로 불러준 텍사스 남부 주립대학에는 미안한 일이었지만, 기회의 나라에서 내 스스로 얻어낸 더 큰 기회 앞에 망설일 까닭이 없었다.

나는 윌리엄 체이슨 교수 문하의 피아노 공부는 그것대로 계속하면서 지휘 공부도 해나갔다. 특히 지휘 분야에 대해서는 주어진 학업 과정뿐만 아니라 학점과는 상관없는 많은 일들을 스스로 찾아 경험을 쌓았다. 그 중 하나가 오페라단의 부지휘자 일이었다. 부지휘자는 오페라를 무대에 올리기까지 전 과정에서 직접 피아노를 반주하며 연습을 이끄는 코치 역할을 하는 사람이다. 오페라 한 작품의 음악적 완성 과정에 직접 뛰어들어 체험해보면, 성악과 기악 양면에 걸쳐 지휘자로서의 기본기를 닦는 데 더없이 효과적일 것이라는 생각에, 고달픈 일과를 쪼개고 또 쪼개어 그 일에 시간을 투자했다.

소득은 기대 이상이었다. 나는 출연진 성악가들의 노래 연습 반주를 맡아하는 오페라 코칭의 경험뿐만 아니라 무대 뒤의 오케스트라 지휘 경험도 쌓을 수 있었다. 현악기, 관악기, 타악기의 기법을 두루 섭렵할 수 있었고, 특히 지휘자가 되기 위해선 타악기를 잘 알아야 한다는 조언을 듣고는 타악기 공부에 집중하기도 했다. 기본 이론과 실제 양면으로 차곡차곡 실력을 쌓아나가는 과정이었다.

그럼 이쯤에서 나의 영어 공부 이야기를 해볼까? 유학 이야기를 하는데, 영어 고생담이 빠질 수 없다.

중고등학교 때부터 다른 과목은 몰라도 영어는 좀 신경을 썼다. 아버지가 한국 전쟁 때 미군 부대에 계셨기 때문에 여려서부터 영어에 관심이 많았다. 선교 공부를 시키기 위해 집에 인도 신학생을 데리고 계신 적이 있는데, 그때 그 아이와 영어로 이야기를 나누면서 흥미를 키워가기도 했다. 막연히 '나도 언젠가는 이곳을 떠나 미국 땅에 가서 공부할 것이다, 그러려면 우선 영어 한 가지는 제대로 해놓아야 한다'고 생각했기에 영어 공부에 정성을 들였던 것이다.

그러나 막상 실제로 부딪치니 내 영어 실력으로는 어림도 없었다. 강의 내용은 절반도 귀에 들어오지 않았고 과제물조차 제대로 처리할 수 없었다. 음악학자 앤 쉬노블런 선생의 강의 '음악 문헌학'은 가장 고생이 심했던 강의로 기억에 남아 있다. 외국인 학생에 대한 배려가 전혀 없는, 냉정하고 어찌 보면 좀 괴팍한 여자 교수였는데, 끙끙거리며 여러 날 밤을 새워 완성한 과제물들이 연이어 빨간 줄이 죽죽 그어져서 되돌아왔다. 이러다가는 분명히 과목낙제를 하겠다 싶어 결국은 수강 취소를 했다. 그런가 하면 음악 전공자에게도 전기니 생물이니 하는 기초 교양과목의 이수가 필요했는데 그런 과목에서도 영어의 벽에 부딪치기는 마찬가지였다. 영어에 대한 대책을 세우지 않을 수 없었다.

내게 필요한 영어 능력은 무엇인가? 영어로 논문 쓰는 훈련이 돼 있지 않아서 고생 끝에 과제물을 완성하여 제출하고도 점수를 제대로 받지 못하곤 했다. 우선 이 문제부터 해결해야 했다. 음대 학생 중에서 과목별로 내게 효과적으로 도움을 줄 만한 사람을 찾아내어 내가 쓴 리포트를 그 사람에게 일단 검사를 받았다. 다들 나의 상황을 이해하고 싼 비용에 그 일을 기꺼이 맡아주었다. 그 방법으로 급한 불을 끌 수는 있었으나, 여전히 해결되지 않는 문제가 있었다. 그것은 말하기 능력이었다.

지휘자는 음악을 만들어 나가는 과정에서 단원들에게 자신의 의도를 정확하게 전달해야 한다. 그러기 위해서는 간단명료하면서도 정확한 언어를 구사해야만 하는데 이러한 능력이 부족하다는 생각이 들었다. 아울러 의사소통의 기초는 바로 정확한 발음이므로, 집중적인 발음 교정을 통해 말하기는 물론 듣기 능력을 단시간에 끌어올려야 할 필요를 느꼈다.

성악과 학생 중에 영어 발음을 가장 표준적으로 구사한다고 느껴지는 스텐 요더라는 친구가 있었다.

'바로 저 친구의 발음을 내 것으로 만들자!'

마침 그 친구는 다른 대학을 마치고 라이스 대학 성악과로 편입한 터라 다른 친구들에 비해 나이가 있었고, 또 나만큼 스포츠를 좋아했기 때문에 함께 농구도 하며 쉽게 가까워질 수 있었다. 어느 날 그 친구를 붙들고 내 고민을 털어놨다.

"영어 때문에 고민이다. 진짜 생활에 필요한 영어를 빨리 익혀서, 남들 앞에서 정확하고 자신 있게 말할 수 있으면 좋겠어. 네가 도와줄 수 있겠니?"

"남의 나라에 왔으니 말이 잘 안 통하는 건 너무나 당연한 일 아나? 필요하다면 내가 얼마든지 도와줄게. 어떻게 도와줄까?"

"일주일에 두 번, 두 시간씩만 나와 함께 있어 주면 돼. 내가 한 시간에 3달러씩 레슨비를 지불할게. 식사도 나와 함께 하자. 내가 평소 먹는 대로 네 것까지 함께 준비할게."

기분 좋게 계약이 맺어졌고, 영어 과외 공부가 시작되었다. 어떤 날은 슈퍼마켓에 가서 판매대에 놓인 잡화들에 대해 이야기를 나누었고, 어떤 날은 전자 제품 가게에 가서 진열된 제품을 둘러보면서 사소한 부품 하나하나의 명칭과 기능에 관해 이야기를 나누었다. 아주 효율적인 실전 영어 학습이었다. 또, 밥을 먹고 나면 마주보고 앉은 상태에서 집중적으로 발음 교정 지도를 받았다. 조지아(geor-gia)와 조이(joy)의 초성 '조'는 어떻게 달리 발음되어야 하는지, 젤러스(jealous)와 지브라(zebra)의 경우는 어떠한지 등 자음 교정은 그 친구가 확실히 도와주었다. 예상했던 대로, 내 발음이 하나하나 바로잡혀 갈수록 남의 이야기도 그만큼 잘 들리기 시작했다.

스텐은 채식주의자여서 만들어줄 만한 음식이 별로 없었다. 야채만 넣어 만든 카레나 볶음밥 정도로 메뉴가 제한될 수밖에 없었다. 하루는 야채 만두를 사다가 구워서 내놓고 마주앉았다. 내가 먼저 한 입 베어 먹어보니 야채 만두가 아니라 고기 만두였다. 속으로 당황했지만 '여기 고기가 들어가면 얼마나 들어갔겠나' 하는 생각에서 시치미를 떼기로 했다.

"너를 위해 야채 만두를 준비했어. 같이 먹자."

스텐은 다행스럽게도 자기 접시를 다 비웠다.

그 친구와는 농구도 같이 하고 한두 해 절친하게 지냈으나 그 후 연락이 끊기고 말았다. 그런데 얼마 전에 그 친구한테서 이메일을 받았다. 댈러스에서 교편을 잡고 있는데, 그 동네 음악인으로부터 내가 텍사스 애벌린 교향악단 상임 지휘자로 있다는 소식을 듣고 편지를 쓴다고 했다. 그 편지의 한 대목을 읽다가 나는 웃지 않을 수 없었다.

신익아, 나 기억나니? 너의 영어 선생이었던 스텐 요더다. 네가
지휘하는 애벌린 교향악단 연주회에 꼭 한 번 가보고 싶다. (……)

지금에야 밝히는데, 네가 예전에 야채 만두라고 내게 구워준 것 말이다, 나는 그게 고기 만두라는 거 알고 있었다. 네가 미안해할까봐 모르는 체하고 그냥 먹었지. 근데 그거 맛은 있더라. 하하하.

그 반가운 친구 스텐을 나중에 애벌린 교향악단 연주회에 초대해서 함께 즐거운 저녁 식사를 했다.

견인차 속의 리사이틀

차를 굴릴 만한 여유도 없고 차를 잘 다룰 줄도 몰랐지만 넓은 미국 땅에서 생활하려니 차가 꼭 있어야 했다. 버리기 직전 상태의 중고차를 얻어다가 몰았는데, 고장이 어찌나 잦은지 길 한가운데에서 차가 덜컥 멈춰버리기 일쑤였다. 당황하여 견인차를 부르고 나서 잔인하게 내리쬐는 텍사스의 여름 볕을 버텨내며 서 있노라면 견인료며 차 수리비를 어떻게 감당해야 할지 암담해졌다. 그 당시 견인료만 해도 자그마치 50달러, 뼈아픈 돈이 아닐 수 없었다. 차 수리비는 나중에 고민하더라도 우선 견인료는 어떻게 해결하나? 무슨 수가 없을까?

나는 견인차가 도착하면 차에 올라 희한한 흥정을 하기 시작했다.

"저는 음대 다니는 학생인데, 지금 제 수중에는 단 10달러밖에 없습니다. 그러나 그 돈만 받으시라고 생떼를 쓰는 것은 아닙니다. 모자라는 40달러는 다른 방법으로 치르면 안 되겠습니까? 평소에 제 노래를 듣고 눈물을 흘리며 감동하는 사람이 많습니다. 목적지까지 가는 동안 제가 노래로 울고 웃게 해드리겠습니다. 40달러 값어치는 충분히 했다고 느끼실 만큼 즐겁고 찡한 시간이 될 것입니다. 40달러짜리 제 리사이틀을 기꺼이 즐겨주신다면, 기사님께서는 앞으로 10년 후에 세계에서 가장 훌륭한 음악인이 되어 있을 재목을 후원하는 큰 일을 하시는 겁니다.”

기사가 ‘오케이!’ 하면 나는 출발하는 순간부터 약속대로 완벽한 오락 시간을 제공하겠다는 각오로 쉬지 않고 노래를 불렀다. 〈남몰래 흐르는 눈물〉 같은 아름다운 오페라 아리아에서 시작해서 우리 가곡 〈목련화〉에 이르기까지 목청을 다해 부르고 또 불렀다. 막판에는 애국가도 불렀고 ‘삼각산 줄기 위에 자리를 잡고 나날이 뻗어나는 삼양 국민학교……’로 시작하는 어릴 적 내가 다닌 학교 교가까지 불렀다.

텍사스에서 내 제안을 거절하고 돌아선 기사는 단 한 사람도 없었다. 헤어지면서 약속한 10달러를 내밀었을 때 내일 아침 식사나 하라며 5달러를 다시 되돌려준 기사도 있었다. 내가 단지 운이 좋았던 걸까? 아니다. 진실하고 간절하게, 그러나 결코 구차하지 않게 상대방을 설득했기에 그들의 마음을 움직일 수 있었을 것이라고 나는 믿는다.

이런 경험들이 쌓이면서 나는 어떤 난처한 상황이 닥치더라도 낙심하지 않고 당당하게 기지를 발휘하면 해결 방법이 생기리라는 자신감과 여유를 가지게 되었다. 나중에는 고속도로에서 차가 시동이 꺼졌을 때도 사막의 작열하는 태양 아래 죽어 널브러진 차를 바라보며 ‘아, 이것이 미국을 배워가는 과정이구나’ 하며 웃었을 만큼 배짱이 두둑해져 갔다.

돈을 벌기 위해 막일도 많이 했다. 맨 처음에 시도한 것은 무허가 지압사 노릇이었다. 군대 있을 때, 사회에서 지압사로 일하다가 입대했다는 고참이 상사를 지압해주는 것을 틈틈이 눈여겨 봐두었다. 지압에 대해 아는 것이라고는 그것밖에 없으면서 겁도 없이 안마사로 나섰다. 첫 손님은 하필이면 체격이 어마어마하게 큰 남자였다. 온몸을 마사지해주고 나니 손마디가 쑤셔서 피아노를 칠 수가 없었다. 공부에 지장을 주는 아르바이트를 지속할 수는 없어서 포기했다.

냉동 트럭도 몰아 보았다. 주말마다 식료품을 싣고 휴스턴, 댈러스 등지를 한 바퀴 돌며 배달하고 오면 일주일치 생활비가 해결되었다. 이 일자리를 잃은 뒤에는 주말마다 레스토랑 웨이터로 일하기도 했다. 의사소통 능력이 달리는 대신에 더욱더 성심성의를 다했다. 새로 빤 흰 와이셔츠를 깃이며 소매며 잔주름 하나 없이 말끔히 다려 입고 멋진 나비넥타이를 맨 후에 마치 연주회 무대에 서는 기분으로 레스토랑으로 나갔다.

테이블 서빙도 마찬가지였다. 다른 웨이터들이 자기 손님 테이블을 한 번 찾을 시간에 나는 대여섯 번을 찾아가 불편한 점이 없는지, 더 필요한 게 없는지 살뜰히 챙겼다. 철저한 직업의식을 가지고 즐겁게 임하니 나를 알아보는 단골 고객이 생기기도 했다. 고되지만 견딜 만했다. 그러다가 지휘자로서의 내 장래성을 높이 사고 아껴주던 몇 사람이 우연히 내가 웨이터 일을 하고 있다는 사실을 알게 되었다. 나는 웨이터 일이 부끄럽다고 전혀 생각하지 않았는데 '장래의 대지휘자감이 웨이터를 하게 내버려둬서는 안 된다'며 새 일자리를 주선해주었다. 그것은 미국 전역의 한국 음식, 중국 음식 재료를 공급하는 '디와이 상사(DY Import)'라는 오퍼상에서 컴퓨터로 재고 정리하는 일이었다.

레스토랑 사장에게 웨이터 일을 그만두겠다고 알렸을 때 사장이 나를 붙들었다.

"당신이 학교에 다니면서 주말에만 웨이터 일을 하겠다고 했을 때 솔직히 큰 기대를 안 했었소. 그러나 당신의 일하는 자세를 보면서 생각이 달라졌소. 당신같이 철저한 프로 정신을 가지고 정성을 다해 서빙하는 웨이터는 처음 보았소. 보수가 적어서 그만두는 거라면 내가 당신을 이 식당의 매니저로 승진시켜주겠으니 계속 나와주시오. 당신이 매니저가 되어준다면, 우리 식당은 틀림없이 친절에서 으뜸인 식당으로 소문이 날 거라고 믿소."

이미 영어와 컴퓨터를 배울 수 있는 디와이 상사로 옮기기로 마음먹은 터여서, 아깝지만 그 파격적인 승진 제안을 받아들일 수 없었다. 그러나 그 레스토랑의 사장과 고객들 몇몇은 그때 맺은 인연으로 나중에 나의 전폭적인 후원자가 되었다. 사람이 무슨 일에서나 최선을 다하면 멋진 보상이 따른다는 진리를 그 일에서 다시 한 번 확인할 수 있었다.

꿈의 이스트만 음악 학교

공부에만 쏟아 부어도 모자라는 시간에 생활비 충당을 위해 돈까지 벌어야 했으니 줄일 수 있는 건 밤잠밖에 없었다. 학교에서 늦은 밤까지 공부하다가 강의실 의자에 쪼그린 채로 잠깐 토막잠을 자고 일어나 곧바로 다음날의 일과를 시작하는 나날이 계속되었다. 오밤중에 학교 경비원에게 붙들려가 신원을 확인 받은 후에야 풀려난 적도 있다. 나중에 아내로부터 '당신은 눈을 반쯤 뜨고 잔다'는 지적을 받았을 때 나 자신이 놀랐다. 남 잘 때 공부해야 하고, 남 공부할 때 더 치열하게 공부해야 한다는 의지가 너무 강했기에 쉰다는 행위 자체를 경계했던 긴장의 나날이었다.

그런 생활을 지탱해나가는데 몸에 고장이 안 났다면 그게 오히려 이상한 일이다. 홀로 기숙사 방에서 한 차례 죽도록 앓았다. 그 지독한 몸살을 떨치고 일어났을 때, 나는 어서 결혼을 해야겠다고 결심했다.

'내 유학 생활은 어차피 한두 해에 뚝딱 끝내고 보따리 싸면 되는 단기전이 아니다. 친척 하나 없는 남의 땅에서 공부 말고는 생활의 모든 부분을 대충대충 땜질하며 버텨온 나의 일상이라니, 정말이지 너무나 불안정하고 메말랐구나. 경제적으로 안정이 된 다음에 결혼한다? 그렇다면 몇 년 후가 될까? 예술의 길을 택한 내가 경제적 안정을 목표로 삼아 달릴 수는 없는 일 아닌가? 먼저 결혼을 하자.'

그렇게 해서 만나게 된 사람이 지금의 아내다. 당시 나는 휴스턴의 한인 교회 성가대를 지휘하고 있었는데, 뉴욕의 어느 한인 교회 목사님이 휴스턴에 왔다가 나를 좋게 보시고는 자신이 목회하는 뉴욕 교회에서 피아노 반주를 하던 참한 아가씨를 소개해준 것이다.

맘에 드는 사람을 만나 가정을 이룬다는 것이 얼마나 근사한 일인지, 나는 결혼하고 나서 실감을 했다. 잠에서 깨어나면 곁에 말할 상대가 있다는 것, 게다가 한국말이 통하는 사람이 늘 가까이 있다는 것만으로도 나는 엄청나게 행복했다. 영어로 말하고, 영어로 공부해야 하는 환경에 잘 적응하고자 젖 먹은 힘까지 긁어모아 노력하다가 어느 순간에 '사람이 이러다가 미치는 거구나' 하는 위기감을 느꼈을 만큼 나의 유학 생활은 정신적으로 피폐해져 있었다. 내가 무작정 결혼 계획을 세웠던 것도 그런 위기감 속에서 안식처를 찾고 싶었기 때문이다.

이젠 식사도 더 이상 대충대충 때우지 않아도 되었다. 데워먹을 수 있는 용기에 잘 밀봉한 수프며 김밥, 샌드위치! 아내가 정성 들여 싸준 것들을 학교의 공용 냉장고에 넣었다가 허기를 느낄 때마다 하나씩 꺼내먹으면 왠지 주위 사람들이 나를 다시 쳐다보는 것만 같았다. 대충 먹고 대충 입고 다니며 악착같이 공부만 챙기던 저 친구가 처지가 달라졌다고 다들 어리둥절한 표정을 짓는 것만 같았다. 아내가 글도 말도 고급 영어를 구사했으므로, 영어 과제물 작성에도 더 이상 다른 사람의 도움을 청할 필요가 없었다. 게다가 아내는 결혼하고도 휴스턴의 법률 사무소에 일자리를 구하여 내가 조금이라도 더 공부에 전념할 수 있도록 헌신적인 뒷바라지를 해주었다.

1986년 여름 방학에 프린스턴의 웨스트민스터 합창 학교에서 지휘 캠프가 열렸다. 라이스 대학에서 석사 과정 중이던 나는 이 캠프에 마음이 끌렸다. 지휘의 대가 로버트 쇼가 주관하는 워크숍으로, 오케스트라 지휘와 합창 지휘 두 분야를 겸비하고자 하는 지휘과 학생이라면 꼭 참가할 필요가 있는 내용들이어서 서둘러 접수를 하여 합격했다. 매일 오전 네 시간 오후 네 시간, 도합 여덟 시간을 연속해서 수업하는 강행군이었다. 힘들었지만 내게 아주 유용한 시간들이었다. 이곳에서 나는 지금까지도 꾸준히 좋은 만남을 이어가고 있는 윤학원·이동훈 교수를 만났다.

이듬해에는 이스트만 음악 학교에서 도널드 뉴엔 교수가 주관하는 지휘 캠프에 참가했다. 캠프가 끝날 무렵 뉴엔 교수는 이제껏 가르쳐본 학생 중에 내가 지휘자로서의 재능과 잠재력을 가장 많이 가지고 있다면서, 놀랍게도 라이스 대학에서 공부가 끝나면 꼭 이스트만으로 와서 자신의 밑에서 공부를 하라고 권유를 했다. 외롭고 막막한 유학 생활을 하던 내게 그 말은 한줄기 빛처럼 나를 환하게 비춰주었다. 캠프가 끝나고 그와 헤어지면서 나는 속으로 다짐을 했다.

'반드시 이분 밑에서 다시 본격적으로 지휘 공부를 하리라.'

이스트만 음악 학교 지휘과 박사 과정에 들어가려면 3년간의 프로 지휘자 경력이 필요했다. 나는 그 경력을 만들기 위해 라이스 음대 대학원 졸업 무렵부터 취직자리를 찾기 시작했다. 그리하여 구한 일자리가 플로리다 주 남동부 포트 로더데일에 있는 코럴리지 음악 학교의 청소년 음악 감독 자리였다. 미국 장로회에서 가장 큰 교회 중 하나인 코럴리지 교회에서 운영하는 이 학교의 청소년 합창단과 소년 합창단, 청소년 오케스트라의 지휘와 지도가 나의 임무였다.

부임 첫날 대면하고 보니 음악을 하고자 하는 열의는 별로 없이 플로리다 주의 부유한 집안 자녀들이 모여서 천방지축 떠들고 노는 분위기였다. 워낙 통제 불능의 집단이라 학교에서도 수수방관으로 일관했고, 새로 오는 지휘자마다 두 손 들고 포기하는 바람에 지휘자만 숱하게 갈아치우고 있는 형편이었다.

이 난국에 뛰어들어 지휘자 노릇을 제대로 하려면 기선을 잡아야 했다. 직업 연주자들이라면 좀 더 고차원적인 충격 요법을 동원했겠지만 아이들인 만큼 깜짝쇼를 꾸몄다.

수업에 수박을 한 통 들고 들어가서 탁자 위에 올려놨다. 한참을 노려보다가 군대에서 익힌 태권도 실력을 발휘하여 손으로 내리쳤다. 다행히도 수박은 쩍 소리를 내며 두 쪽으로 멋지게 갈라져 내 체면을 살려주었다. 시끌벅적하던 아이들은 깜짝 놀라 숨소리도 죽이고 나를 쳐다봤다. 나는 목청을 있는 대로 낮추어 앞으로의 합창단 지도 방침을 엄숙히 알렸다. 삼엄해진 분위기가 어느새 도로 흐트러지기 시작할 때쯤 다시 사과 한 개를 꺼내 기합을 넣고 두 손으로 팍 쪼갰다.

어수선했던 학교 분위기는 하루가 다르게 가다듬어져 갔고 나는 열성을 다해 음악을 가꾸어나갔다. 학생들도 점차 스승으로서의 나의 권위를 인정하기 시작했다. 지휘자마다 제풀에 나가떨어졌는데, 이번에는 학생들이 드디어 임자를 만난 것이다. 학부모들은 전적으로 나의 지도 방침에 동의하고 고삐 풀린 망아지 같던 아이들의 변화에 반색을 했다.

그러나 이런 국면에서 번번이 마주치게 되는 진실이 있으니, 잠자고 있던 조직에 열성파가 뛰어들면 열렬한 지지와 음흉한 반발이 동시에 생겨나기 마련이라는 것이다. 내가 등장하기 전까지 무사안일주의로 느슨하게 굴러가던 학교 분위기가 달라지면서 누구보다도 자신의 평안한 일상이 위협받고 있다고 느꼈던 것은 총감독, 바로 나의 직속상관이었다. 그는 내가 오기 전까지 상당 시간을 직접 나의 일을 대신해왔었다고 한다. 그러므로 자신이 해온 일이 내가 이룬 성과와 비교된다는 자격지심 때문에 더욱더 나를 눈엣가시로 여긴 게 아닌가 싶다. 내가 일한 지 여덟 달이 조금 넘은 어느 날 총감독이 조용히 나를 불렀다.

"당신은 여기서 아이들이나 지휘하기에는 능력이 넘치는 사람입니다. 더 본격적인 일을 찾아 당신의 길을 가기를 바랍니다."

말은 그럴듯했지만 그것은 사실상의 해고 통보였다. 그가 내 뒤에서 어떤 모함을 하고 어떤 공작을 꾸며왔는지 짚이는 부분이 없지 않았으나 구태여 따지고 싶지도 않았다. 나는 그대로 그곳의 일을 정리하고 아내와 함께 플로리다를 떠났다. 당장 이스트만 박사 과정에 필요한 경력을 쌓는 일에 큰 차질이 빚어졌고, 플로리다로 이사하면서 아내가 직장 생활을 정리한 터여서 먹고 살 궁리도 해야 했다. 허탈하고 막막한 가운데 시간은 흘러갔다.

그러나 플로리다와의 인연은 그것으로 끝이 아니었다. 아내도 나도 낙심하여 일자리를 구하고 있던 어느 날, 플로리다에서 편지 한 통이 날아왔다.

> 신익, 급작스레 지휘자를 그만두고 떠나게 되어 우리 모두 안타깝게 생각하고 있소. 당신은 틀림없이 다시 좋은 일자리를 찾게 되겠지만 그때까지 이 돈으로 생활하며 재충전하기 바라오.

코럴리지 음악 학교 이사회 임원인 모슬링 선생이 따뜻한 격려의 말과 함께 적지 않은 금액의 수표를 보내온 것이다. 그는 나를 경제적으로 도와주었을 뿐만 아니라, 내가 돌파구를 찾도록 격려하고 자극해주었다.

"신익, 어차피 플로리다는 당신이 오래 머물 만한 곳이 못 되었소. 당신에게 지금 필요한 것은 공부요. 하루 빨리 당신이 공부할 수 있는 최고의 환경을 찾아가 지휘자로 대성하는 데 필요한 나머지 공부를 마치기 바라오."

모슬링 선생의 이러한 당부에 나는 서둘러 이스트만의 도널드 뉴엔 교수와 접촉을 했다. 뉴엔 교수는 나의 상황을 듣고는 이미 모든 접수가 끝난 이스트만 박사 과정에 9월 학기부터 특별 학생으로 공부할 수 있도록 조처해주었다.

1988년에 드디어 이스트만 음악 학교 박사 과정에 들어갔다. 프로 지휘자 경력 8개월은 이스트만의 입학 자격 기준인 '프로 경력 3년'에 턱없이 못 미쳤지만 이스트만은 이례적으로 나를 받아들여주었다.

코럴리지 음악 학교 청소년 지휘자로 반년 남짓한 세월을 흘려보내고 난 다음이라, 다시 전액 장학금을 받는 학생 신분으로 돌아와 공부에 정열을 쏟아 부을 수 있게 된 것이 말할 수 없이 뿌듯했다. 게다가 바로 내가 꿈꿨던 이스트만에서의 생활이 시작된 것 아닌가. 내 온몸의 피부 세포 하나하나가 새 세계를 향해 활짝 열려 양분을 빨아들이고 있는 듯한 희열을 맛보았다.

지휘 공부를 위해 만든 깁스 오케스트라

이스트만에서 연주자로서의 수련 과정을 본격적으로 시작하면서, 나는 새로운 갈증을 느꼈다. 800여 명의 음악 전공 학생들 중에 오로지 지휘과 전공생만이 느껴야 하는 갈증, 그것은 지휘할 오케스트라가 없다는 데에서 오는 것이었다.

지휘자는 많은 시간 악보를 펴놓고 혼자 공부한다. 그러나 묵묵히 악보와 맞대면하는 것보다 백배 더 효과적인 공부는 악보를 펴놓고 직접 오케스트라를 지휘하는 것이다. 지휘자에게 주어지는 악보는 오케스트라 모든 악기의 연주 내용이 다 담긴 악보로 이를 '총보(總譜)'라고 부르는데, 지휘자가 총보를 한눈에 구조적으로 죽죽 읽어 내려가는 능력을 키우려면 직접 오케스트라를 상대로 연습을 많이 해야 한다.

그러나 지휘자가 학교에서 오케스트라를 실제로 지휘하면서 공부하는 기회는 생각보다 아주 적다. 내가 공부한 이스트만 음악 학교만 그런 게 아니라 커티스, 줄리아드 어디를 가도 소규모 오케스트라를 짧은 시간 지휘하는 것이 고작이다. 그것마저 없는 학교도 많다. 50~60명 규모의 지휘 연습용 오케스트라 즉, 컨덕팅 오케스트라를 운영하려면 너무 많은 비용이 들기 때문이다. 대개 기악과 학생들을 단원으로 고용하여 운영하는데, 학생들일지라도 교과 과정 이외 시간이기에 연주료를 지급해야 하고 그 비용 또한 만만치 않다. 게다가 불경기로 인해 학교로 들어오는 기금이 줄어들면, 몇 안 되는 지휘과 학생들을 위해 운영되는 이러한 '컨덕팅 오케스트라'는 경비 삭감 대상 1호로 지목되게 마련이다. 그래서 규모가 축소되기도 하고 없어지기도 하고, 심지어는 지휘과 자체가 없어지기도 한다.

학교 지휘과의 여건은 이러한데, 학교를 졸업하고 프로 지휘자로서 일자리를 찾으려 할 때는 모든 오케스트라가 예외 없이 경력을 요구한다. 학교에서 제공해주지 않은 경험을 도대체 어디서 얻는다는 말인가. 이스트만의 경우, 미국 내 지휘과 랭킹 1위의 자리를 오래도록 고수해왔으며, 다른 학교에 비해 지휘대에서 실습할 수 있는 시간이 상대적으로 많다고 알려져 있음에도 불구하고, 실제로 교과 과정 중에 지휘봉을 잡고 연습할 수 있는 시간은 일주일에 고작 20분밖에 되지 않았다.

'기악 전공 학생은 자기 악기만 있으면 언제 어느 곳에서라도 공부하고 싶을 때 자기 원하는 시간만큼 공부할 수 있다. 지휘자에게는 오케스트라가 악기 아닌가. 그런데 지휘 공부를 하겠다는 나는 지금 악기가 없어서 연습을 하고 싶어도 못 한다. 이대로 있어야 하는 것인가?'

목마른 사람이 샘을 팔 수밖에 없었다. 일찍이 지휘자 제임스 레바인이 줄리아드 음대 시절에 연습을 하기 위해 오케스트라를 조직했다는 일화가 떠올랐다.

'바로 그거다, 나도 내 오케스트라를 만들자!'

9월에 결심을 하여 두 달을 머릿속에서 뜸을 들이며 계획을 짜나갔고 11월부터 본격적으로 사람들과 접촉하기 시작했다. 지금은 한국으로 돌아와 울산 대학교 교수로 있는 바이올리니스트 김이정 씨가 그때 4학년 졸업반이었다. 그에게 악장을 맡아달라고 청하여 승낙을 얻어냈다. 우리는 오케스트라 이름부터 지었다.

'더 깁스 체임버 오케스트라(The Gibbs Chamber Orchestra).'

깁스는 이스트만 음악 학교가 있는 거리인 깁스 스트리트 26번지에서 딴 이름이다.

우리는 단원을 확보하기도 전에 첫 연주 계획을 세웠다. 연주 장소는 깁스 스트리트의 메인 홀로 정했다. 이곳은 우리 식으로 이야기하면 로비쯤 되는 툭 트인 공간인데, 이스트만의 크고 작은 여러 연주 홀, 교실, 엘리베이터, 사무실을 가려면 다 이곳을 거쳐 가게 되어 있고, 학생들의 개인 우편함도 여기 설치되어 있다. 이스트만에서 가장 많은 사람들이 오가는 길목이라고 할 수 있으며 천장이 높고 울림이 아주 많은 장소다. 이따금 연주회가 열리곤 하는 이 장소를 12월 3일에 우리가 사용할 수 있도록 학교의 허가를 미리 받아 놓고, 곡목을 짜고 아예 포스터까지 만들어 여기저기 붙였다. 그러고 나서야 비로소 단원 확보에 들어간 것이다.

그 당시 교내에 활동 중인 오케스트라는 두 개가 있었다. 이스트만 필하모니아와 이스트만 심포니 오케스트라. 일단 이 두 오케스트라를 뛰어넘는 교내 최고 수준의 오케스트라를 만들고, 더 나아가 그 지역 최고의 프로 오케스트라와 견주어도 경쟁력 있는 오케스트라로 키우겠다는 것이 나의 포부였다.

지금처럼 전자 우편이 활성화되어 있었다면 아마도 단원 교섭에 그렇게 많은 발품을 팔지 않아도 되었으리라. 그때는 주로 학생 개인 우편함에다가 '나는 지휘과의 함신익이다. 이러이러한 생각에서 오케스트라를 조직하려 하고 있다. 단원으로 와 줄 수 있겠느냐?'와 같은 내용을 담은 쪽지를 넣어두는 식으로 단원 섭외를 했다. 한편으로는 각 기악 파트별로 학교에서 연주가 뛰어나다고 평가받는 학생들을 수소문하여 일대 일 접촉도 해나갔다. 그렇게 해서 한 사람이 확보되면 이번에는 그 사람이 추천하는 다른 사람을 만나보고, 그 밖에 모든 정보를 동원해 좋은 연주자들을 찾아다녔다. 그것으로도 모자라면 연습실마다 돌아다니면서 밖에 쪼그리고 앉아서 귀 기울여 듣다가 연주가 마음에 들면 문을 두드렸다.

"나는 한국에서 온 함신익이라고 합니다. 앞으로 최고의 평가를 받는 프로 지휘자가 되는 것이 나의 꿈입니다. 나는 지금 정말 특별한, 모든 사람들이 즐거워하고 단원들도 즐기면서 공부할 수 있는 그런 오케스트라를 조직 중입니다. 첫 연주회 레퍼토리와 날짜까지 이미 확정해놓았습니다. 이 멋진 활동에 당신도 동참해주면 좋겠습니다. 연주료는 못 주지만 그 대신에 특별한 점심을 제공합니다. 연습은 매주 토요일에 있는데, 12시에 우선 내 아내가 정성껏 준비한 한국 음식으로 점심 식사를 함께 하고, 오후 1시부터 연습에 들어갑니다."

나의 토요일 점심 제안은 변화 없는 기숙사 음식에 싫증난 학생들의 귀를 솔깃하게 만드는 데 충분했다. 이리 뛰고 저리 뛰는 사이 마침내 20인조 현악 앙상블이 만들어졌다. 몇 주일 간 백방으로 뛴 덕분에 연습실 하나도 가까스로 얻었다.

깁스 오케스트라의 첫 연습 날은 눈이 펑펑 내렸다. 감격적인 첫 연습 광경을 오래 간직하고 싶어서 아침 9시에 비디오카메라를 빌리러 눈길에 차를 몰고 집을 나섰다가 돌아오는 길에 사고를 냈다. 오른쪽으로 도는 내리막길에서 핸들을 아무리 꺾어도 헛바퀴만 돌더니, 차는 그대로 언덕 아래로 미끄러져 내려가 가드레일을 들이받고 멈췄다. 찌그러진 차를 혼자 끙끙거리며 밀고 당겨 도로로 끌어내면서도, 내 머릿속은 빨리 집으로 돌아가 늦지 않게 음식을 싣고 연습 장소로 가야 한다는 생각으로 가득 차 있었다. 다행히 차는 이상 없이 시동이 걸렸고, 나는 더 이상 이것저것 살필 겨를도 없이 서둘러 집을 향해 달렸다.

그 사이에 아내는 볶음밥, 만두, 튀김, 잡채를 다 요리해 놓고 나를 기다리고 있었다. 그 당시 우리가 살던 집은 침실 하나 달랑 달린 100년 넘은 아파트였다. 냄새도 잘 안 빠지는 낡고 비좁은 부엌에서 기름에 볶고 튀기는 그 많은 음식을 혼자 다 만들어내고도 아내는 힘든 내색도, 불평도 하지 않고 어서 서두르라고 나를 재촉했다. 나는 아내의 도움을 받아 가며 그 음식들을 식지 않게 보온 박스에 차곡차곡 담고, 종이 접시, 포크, 간장까지 빠짐없이 챙겨서 좁은 차에 옮겨 싣고 학교 9층 연습실로 향했다.

모인 단원들에게 음식을 권하면서 나는 이렇게 첫 인사를 했다.

"여러분, 이렇게 와주어서 정말 고맙습니다. 음악에 대한 저와 여러분의 순수한 정열로 이 오케스트라는 머지않아 이스트만 최고의 오케스트라가 될 것으로 믿습니다. 우리 함께 최고의 음악을 만들어갑시다. 그러나 여러분이 오늘 연습에 참여해보고 지휘자인 내가 음악을 만들어나가는 스타일이 마음에 안 들어 동참하고 싶은 생각이 없어진다면, 계속 나오라고 강요하지는 않겠습니다."

그 다음 연습이 있기까지 일주일 동안 깁스 오케스트라에 대한 소문이 퍼져나갔다. 여러 사람이 자기도 참여하고 싶다며 내 우편함에 메모를 남겼다. 나는 필요한 단원 한두 명을 보충하고 나머지 사람들에게는 "벌써 연습에 들어갔기 때문에 이번에는 곤란하다. 다음 연주 때에는 꼭 넣어주겠다"고 양해를 구했다. 벌써 대기자 명단이라! 이제 적어도 단원 확보 문제로 더 이상 애태우지 않아도 될 것 같다는 예감에 마음이 뿌듯했다.

순수 자원자로 구성된 깁스 오케스트라는 20명 현악 앙상블로 시작했지만 목관, 금관을 비롯한 다양한 악기 연주자들을 꾸준히 받아들이면서 편성 규모를 확장해갔다. 그리하여 창단 1년 만에 50명이 넘는 큰 규모의 오케스트라로 자라났다. 전통 있는 로체스터 필하모닉에 맞먹는 규모였다. 그 뒤로도 점점 늘어나 2년 뒤에는 90명 대편성의 오케스트라로 자라났다. 깁스가 명성을 떨치게 되면서 입단 희망자가 날로 늘어나 오디션을 통해 선발해야 할 정도가 되었다.

깁스 오케스트라는 학교에서 다루지 못하는 다양한 레퍼토리, 정말 학생들이 도전하고 싶어하는 레퍼토리를 골라서 연주했다. 그 지역의 유명 오케스트라인 로체스터 필하모닉에서 기대할 수 없었던 참신한 레퍼토리들을 들려주니 청중의 호응도 컸다. 자연히 더 많은 청중이 우리 연주회에 모여들었다.

나는 깁스 오케스트라가 지역 연주자들에게 가장 매력적인 연주 단체로 여겨지게 하려면 다른 오케스트라와 차별되는 우리만의 장점이 더 있어야 한다고 생각했다. 그래서 모든 단원에게 고정된 포지션을 보장해 주었다. 다른 교내 오케스트라들은 학생들에게 고정된 포지션을 주지 않고 대개 로테이션 방식으로 이 파트, 저 파트 돌아가면서 맡기는 식이다. 특히 플루트, 오보에, 클라리넷, 프렌치 혼 등 관악기의 경우 학생은 15~20명 수준인데, 오케스트라에 필요한 포지션은 한정되어 있으니 번갈아가면서 기회를 잡는 수밖에 없다. 예상대로 깁스의 단원들은 자기 포지션을 가지고 꾸준히 한 레퍼토리를 정복할 수 있는 기회가 주어진다는 점에 아주 만족스러워 했다. 이스트만 재학생뿐만 아니라 그 지역 프로 오케스트라의 젊은 부수석들까지 깁스 오케스트라 활동을 열망했던 것도 바로 그런 이유에서였다. 실제로 그 지역 직업 음악인들도 여러 명이 깁스 오케스트라에 참여했다.

나는 또, 협주곡을 레퍼토리에 꼭 포함시켜서 그 곡의 독주자를 단원 중에서 뽑아 세웠다. 누구나 열심히 하면 협주곡의 솔로 주자로 발탁될 수 있다는 사실이 단원들의 사기와 열성을 드높여주었다.

깁스 오케스트라의 단원들은 이렇듯이 학창 시절에 웬만한 프로 오케스트라 활동에 맞먹는 경험을 쌓아나갔다. 그 시절의 수많은 동료들은 지금 미국 각지의 메이저 오케스트라에서 활약하고 있다. 객원 지휘 초청을 받아 지휘봉을 들었다가 옛 동료들과 우연한 해후를 하게 되면, 우리는 더할 수 없이 뜨거운 열정으로 뭉쳤던 지난 시절의 소중한 추억을 함께 나누곤 한다.

1년 만에 단원도 청중도 늘어나서 더 이상 길거리 연주로 버틸 수 없는 상황이 되었다. 사실 그동안 연습실을 빌리는 문제만으로도 보통 고생을 한 게 아니었다. 깁스 오케스트라는 리더인 내가 박사 과정 재학생이고 연주자 대부분도 재학생으로 이루어졌지만, 학교가 공인한 오케스트라가 아니라는 이유로 연습실도 제공받지 못했고 그밖에 아무런 혜택을 누리지 못했다. 방법이 없으니 번번이 학교에 있는 연습실 중에 가장 큰 9층의 연습실을 내 개인의 이름으로 예약하고, 그 한쪽 편에 음식을 차려 내놓았다. 음식 차릴 테이블과 의자를 마련하는 일만도 쉬운 일이 아니었다. 그 방에 있는 의자만으로는 부족해서 건물 안 이곳저곳을 돌아다니면서 의자를 끌어 모아야 했다. 악보를 놓는 보면대도 마찬가지였다. 새벽 일찍부터 돌아다니며 아직 학생들이 나오지 않은 연습실의 보면대를 모아 9층까지 날랐다. 오케스트라 규모가 커져가면서 나중에는 보면대가 60~70개까지 필요해졌다.

나는 집스 오케스트라가 사용할 새로운 장소를 물색하기 위해 학교 밖으로 눈을 돌렸다. 단원들이 학교 기숙사에서 차 없이 쉽게 이동할 수 있으려면 너무 멀리 떨어져 있어서도 안 되었고, 빌리는 데에 돈이 들어서도 곤란했다. 바로 길 건너편에 있는 고색창연한 성공회 교회당이 적당한 후보지로 떠올랐다. 로체스터에서 가장 오래된 교회당인 '로체스터 성공회 교회'로, 신자 수가 그리 많지 않아 조용하고 조금은 썰렁한 분위기마저 감도는 곳이었다. 직접 찾아가서 연주 홀로 쓸 수 있는 조건이 되는지 혼자 꼼꼼히 둘러보았다. 음향은? 소리가 지나치게 울리는 흠이 있지만 사람이 꽉 들어차면 괜찮을 것 같다. 조명은? 좀 어두운 편이지만 연주 때만 조명 기구 몇 개를 빌려다가 추가로 설치하면 해결할 수 있겠다. 무대는? 맨 앞에 놓인 회중용 긴 의자 몇 개를 빼내면 오케스트라가 자리 잡을 공간은 충분하겠다.

여러모로 고려해 보아도 이만한 곳을 다시 찾기 어려우리라는 판단이 들었다. 나는 곧바로 주임 목사를 찾아갔다.

"저는 길 건너 이스트만 음악 학교 지휘과 박사 과정에 재학 중인 함신익입니다. 제가 만든 깁스 오케스트라가 지역 사회의 호응 속에 날로 발전해가고 있습니다만 마땅한 연주 장소를 잡지 못해 지금 큰 어려움을 겪고 있습니다. 목사님께서 저희가 이 교회에서 정기적으로 음악회를 열 수 있도록 도와주십시오. 이 고풍스런 교회당에 앉아서 아름다운 연주를 듣다 보면 그 분위기에 반해 주일마다 이 교회로 예배드리러 오는 사람들이 늘어날 것입니다. 또 이미 이 교회에 다니고 있는 분들은 멋진 예술 공연이 자기 교회에서 열린다는 것에 대해 큰 자긍심을 가지게 될 것입니다. 그러니 교회 입장에서도 지역 사회의 문화 발전을 위해, 또 교회의 발전을 위해서도 환영할 만한 일 아니겠습니까? 연주회가 열리는 날마다 이 교회의 800석이 청중으로 꽉꽉 차고 넘치게 해드리겠습니다. 도와주십시오."

그날 나는 주임 목사의 허락을 받아냈다. 깁스 오케스트라의 연습과 공연을 교회당에서 할 수 있게 된 것은 물론이고, 친교실에 음식을 차려놓고 먹을 수도 있게 되었다. 나는 교회 뒤편에 헌금통을 하나 비치해달라고 부탁했다. 스스로 마음에서 우러나와 오케스트라를 돕고 싶어하는 사람들은 그 헌금통에 돈을 기증하게 했다.

길거리 연주의 뜨내기 생활을 1년 만에 청산하고 훌륭한 장소를 구해 안착하고 보니, 남들에게 깁스 오케스트라를 알리는 일도 훨씬 더 수월해졌다. 한 신문사가 깁스 오케스트라의 성공담을 전면으로 크게 다루어주었다. 모든 단원에게 돈 한 푼 주지 않고 음식만 해먹여가며 번듯한 70명 규모의 오케스트라로 키웠다는 사실을 "Playing for their Supper(만찬을 위한 연주)"라는 재치 있는 제목으로 부각시켜주었다. 심지어는 깁스 오케스트라 연주 기사 한편에 불고기를 비롯한 한국 요리 만드는 법을 곁들여 소개한 신문도 있었다.

얼마 후 그 지역 공영 라디오 방송국에서 찾아왔다. 시카고 심포니, 뉴욕 필하모닉을 위시한 세계 일류 오케스트라의 실황 연주를 녹음하여 24시간 내보내는 클래식 음악 전문 채널이었다. 그들은 깁스 오케스트라의 연주를 녹음해서 토요일 아침마다 내보내고 싶다는 제안을 했다. 최첨단 기술을 가진 라디오 방송국 녹음 기사가 우리의 연주를 기록으로 남겨준다는데 반대할 이유가 없었다.

우리 연주를 고정 코너로 방송하게 된 라디오 방송국에서는 이제 깁스의 연주회 홍보에 자기 일처럼 나섰다. 사람들이 꽉 들어찬 상태에서 연주해야 녹음 상태가 더 좋아지고 박수 소리도 더 우렁차게 들어간다며 수시로 깁스의 연주회 소식을 광고로 내보내주었다. 지역 프로그램 중 베스트 프로그램이 된 깁스의 연주는 방송 네트워크를 통해 타 지역에서도 방송을 탔다. 학교 신문도 깁스의 정기 연주 때마다 빼놓지 않고 다루어주기 시작했다. 깁스가 프로 오케스트라로 도약하기 위한 토대가 마련된 셈이다.

이스트만의 명물

집스 오케스트라는 2년 동안 로체스터 성공회 교회당을 무대로 지역 명물로 성장해갔다. 청중은 연주 때마다 더 이상 들자리가 없을 만큼 꽉꽉 찼다. 800석 교회당에 1200명이 입장을 했으니 400명은 서서 연주를 감상해야 했다. 연주 때마다 좋은 평이 신문에 실렸고, 후원회도 만들어졌다. 교회 바구니에 후원금이 모여서 나중에는 내 주머니를 털어 장을 봐다가 아내에게 요리를 시키지 않아도 되었다. 메뉴를 지정해서 아는 이에게 맡기기도 했고, 자원 봉사를 원하는 고정 팬들도 늘어났다. 공연에 필요한 장비도 사람을 사서 날랐다.

이제 내게는 더 큰 장소가 필요했다.

이스트만에는 1000석 규모의 킬번 홀이라는 공연장과 3300석 규모의 이스트만 대극장이 있다. 킬번 홀은 주로 학교의 실내 음악과 교수들의 연주회 장소로 이용되며, 학생 개인에게도 재학 중 한 번은 빌려쓸 기회가 주어진다. 학생들은 개인 리사이틀 때에, 대개는 졸업 연주회 때에 이 기회를 사용했다. 이스트만 대극장은 학교가 공인한 교내 연주 단체의 연주회 등 교내 행사에 쓰이는 한편, 프로 연주 단체들에게는 주로 유료 대관을 했다. 그때 당시 로체스터 심포니로부터 받는 1년 대관료만도 50만 달러나 된다고 했다.

나는 이스트만 대극장의 3300석을 깁스 오케스트라를 사랑하는 청중들로 채우고 싶었다. 깁스 오케스트라는 이미 교수들이 이끄는 학교 내의 어떤 앙상블보다, 몇몇 교내 오케스트라보다도 압도적인 인기와 명성을 누리고 있었고 음악 수준에서도 높은 평가를 받고 있었다. 그런데도 깁스 오케스트라는 대극장에서 정기 연주회를 열 수 없었다. 깁스의 정기 연주회는 학교가 공식적으로 인정하는 행사가 아니라는 것이 이유였다. 나는 그 자격 기준을 받아들이기 어려웠다.

1991년에 깁스 오케스트라가 킬번 홀 공연을 가지게 되었다. 앞에서 말했듯이 학생 개인에게 한 번 대관 기회가 주어지므로, 내 몫의 대관 기회를 활용하여 킬번 홀에 입성한 것이다. 공연을 앞두고 나는 이스트만 음악 학교의 총장 로버트 프리만 선생을 찾아갔다.

"안녕하십니까? 함신익입니다."

"깁스 오케스트라가 갈수록 활약이 대단하더군요. 성공을 축하합니다."

"감사합니다. 깁스 오케스트라가 이번에 킬번 홀에서 공연을 합니다. 총장님께서도 좋아하시는 피아니스트 안톤 넬이 저희와 모차르트의 〈피아노 협주곡 21번〉을 협연합니다. 저희의 이번 공연에 꼭 와서 지켜봐주십시오. 제가 정중히 초청합니다."

연주는 통로까지 청중으로 메워질 정도로 대성황이었다. 교내 공연으로는 드문 광경이었다. 그 열띤 현장에 프리만 총장도 나와 있었다.

나는 공연 바로 다음날 다시 시간 약속을 하고 프리만 총장을 찾아갔다.

"프리만 선생님, 학교에서는 저에게 오로지 음악만을 가르쳐주었습니다. 저는 프로 지휘자로서 세상에 나서기 위해서는 학교에서 배우는 것만으로는 부족하다고 생각했습니다. 그래서 학교에서 얻기 힘든 실전 경험을 쌓기 위해 제 스스로 오케스트라를 조직하여 이만큼 키웠습니다. 그러나 학교는 저의 자발적인 노력을 격려해주기는커녕 아직도 저에게 연주 공간조차 베풀어주지 않고 있습니다. 총장님, 이만하면 학교가 깁스 오케스트라의 실력을 검증할 기간은 충분했다고 생각합니다. 저에게도 이스트만 대극장을 무료로 사용할 수 있는 자격을 주십시오."

"함신익 씨, 어제 깁스 오케스트라의 공연은 정말 대단했소. 당신이야말로 우리 학교가 가장 자랑스럽게 내세울 수 있는 학생이오. 당신은 지휘자로서의 예술성과 기업가(entrepreneur)의 기질을 겸비한 보기 드문 음악인이오. 우리 이스트만 학교는 앞으로 바로 당신 같은 음악인을 많이 배출해내야 한다고 생각하오. 나도 개인적으로는 기꺼이 당신을 격려하고 밀어주고 싶소. 그러나 당신에게만 예외적으로 이스트만 대극장을 무료로 내주기는 곤란합니다. 우리는 로체스터 필하모닉 같은 연주 단체로부터 한 해에 50만 달러의 대관료를 받고 이스트만 대극장을 내주고 있소. 그들이 깁스의 사례를 전해 듣고 불공평하다고 항의하면 뭐라고 대답하겠소? 문제는 그뿐이 아니오. 다른 학생들이 '왜 학교의 공식 행사가 아닌 함신익 개인의 행사에 홀을 공짜로 빌려주느냐'고 항의하거나, 자기들에게도 개인 연주 때 이스트만 대극장을 쓸 수 있게 해달라고 주장할 수도 있소. 자, 생각해보시오, 학교 입장이 얼마나 난처해지겠소?"

나는 준비된 대답을 내놓았다.

"학교의 입장을 충분히 이해하겠습니다. 그런 경우에 대응 방법을 제가 감히 말씀드려도 되겠습니까? 총장님, 그런 사람들에게는 '함신익처럼 검증 기간을 거치라'고 하십시오. '함신익처럼 연주회마다 공연장이 청중으로 넘쳐나게 해봐라, 공영 방송에서 연주회를 취재하러 오게 만들어봐라, 또 지역 신문에, 라디오와 텔레비전에 빠지지 않고 프리뷰(공연 전에 실리는 연주 소개 기사)와 연주 평이 나오게 해봐라. 그만큼 프로 정신을 갖춘 실력 있는 연주자가 되어서 다시 찾아오면 함신익에게 준 것과 똑같은 특혜를 주겠다'고 하십시오."

프리만 선생은 허허 웃으면서 잘 알겠으니 며칠 시간을 달라고 했다. 나는 총장실을 나오면서 기대를 접었다. 미국 사람들에게 '시간을 달라'는 말은 거의 거절에 가까운 소리가 아닌가.

일주일 후에 프리만 선생이 나를 총장실로 불렀다.

'아! 이분이 꽤 신사적인 방법으로 거절을 하시려 하는구나!'

그렇게 짐작하고 총장실로 들어갔다.

"함신익 씨, 내가 곰곰이 생각해보니 당신 주장은 타당하오. 내가 다른 학생들과의 형평 문제를 제기했을 때, 당신이 내게 준 해결책도 참으로 기발했소. 당신은 정말 음악에서만이 아니라 협상 능력에서도 뛰어난 지휘자요."

나는 총장과의 단독 협상에서 내가 원하던 것을 200퍼센트 얻어낸 셈이었다. 프리만 선생은 깁스 오케스트라의 연주회에 이스트만 대극장을 무료로 빌려주는 것은 물론이고 연습실도 제공해주겠다고 했다. 그뿐만이 아니다. 학교의 대극장 무료 대관 기준에 맞추기 위해 아예 깁스 오케스트라의 정기 연주회를 학교 행사에 포함시키기로 결정한 것이다. 그것은 우리에게 대단한 변화였다. 이제는 학교의 정해진 양식에 따라 제작된 연주회 프로그램과 포스터를 제공받게 되며, 우리의 문건에 학교 마크를 사용할 자격이 주어지고, 학교 밖 게시판에 우리 연주회 포스터가 자동적으로 나붙게 되며, 학교에서 발간하는 정기 간행물에 깁스의 정기 연주회 소식이 고정적으로 실리게 됨을 의미했다.

사촌이 땅을 사면 배가 아픈 심리는 미국 사람들도 똑같다. '깁스 오케스트라의 신익 함'이 로체스터 안의 어떤 프로 지휘자보다 이름을 날리게 되자, 나도 유명세라는 것을 치르지 않으면 안 되었다. 연주회 포스터 속의 내 얼굴은 가장 만만한 공격 대상이었다. 얼굴을 펜으로 부욱 그어놓거나 욕설을 휘갈겨 써놓은 경우도 있었다.

한 번의 공연을 완성시키기 위해 악보 복사에서 방송사 홍보까지

1인 10역 이상을 해내야 했던 내가 학생 노릇까지 백 점짜리였다면, 그게 오히려 비정상적인 일일 것이다. 교수의 양해와 묵인 하에, 더러는 교수의 눈 밖에 나기도 하면서 나는 적잖은 수업을 빼먹었고 리포트는 제출 기한을 넘기기 일쑤였다.

하루는 지도 교수가 나를 부르더니 '당신이 포럼에 너무 자주 빠져서 다른 학생들이 당신에 대해 불만이 많다. 이제 나도 더 이상은 묵인하기 곤란하다'고 했다. 일종의 경고인 셈이다. 나는 평소에 그 토론 수업이 별로 효율적으로 운영되고 있지 못하다고 여겨왔다. 일 분 일 초를 아껴 써야 하는 내 처지에서 무조건 만사를 제치고 참석해야 할 필요나 매력을 느끼지 못했던 것이다. 따라서 A학점을 놓치고 B나 C를 받아도 감수하겠다는 생각으로, 그 시간을 내게 더 필요한 일에 할애하곤 했었다.

"선생님, 저는 그 시간에 제가 더 중요하다고 생각하는 일을 했습니다. 그리고 앞으로도 그것은 불가피합니다. 거기에 대한 모든 책임은 제가 지겠습니다. 제 점수를 펑크 내시려거든 내시고, D를 주시겠다면 D를 주십시오. 선생님의 입장은 전적으로 수긍합니다. 그러나 다른 학생들이 왜 저를 문제 삼는지, 그것은 이해할 수 없습니다. 이것은 나 자신의 문제입니다." 한 번은 지휘단을 들고 성공회 교회당으로 옮기려고 학교 뒷문으로 나오다가 주차장으로 가던 지휘과 교수와 딱 마주쳤다. 그는 학교 소유의 물건이 밖으로 나가는 것에 대해 몹시 못마땅해 했다. 깁스 오케스트라의 인기가 날로 치솟아 청중이 갈수록 늘어나는 것이나, 학생 신분으로 어떤 교수

보다도 언론의 주목을 받는 것들에 대해 일종의 거부 반응을 일으
킨 것은 아닐까?

교수들 중에는 나에게 노골적으로 어려움을 주는 사람들도 있었
다. 일례로, 이미 정해져 있는 깁스 오케스트라의 연습 시간에 자신
의 마스터 클래스(마스터 곧 '대가'에게 배우는 일종의 집단 실기 강의)
를 연 바이올린 교수가 있었다. 마스터 클래스 시간을 통고 받은 학
생들이 그 시간은 깁스 오케스트라 연습 시간이라고 이야기하자,
'둘 중에 하나를 택하라'고 했다는 것이다. 이렇게 되면 학생들이
야 학점도 돈도 안 나오는 깁스 오케스트라 연습을 포기하고 교수
의 마스터 클래스에 갈 수밖에 없다. 그래서 바이올린 파트 7~8명
이 한꺼번에 연습에 빠져버리면, 다른 단원들까지 사기가 떨어져
오케스트라 전체가 연습에 막대한 지장을 받게 된다. 지휘자로서
당혹스럽기 짝이 없는 일이다. 생각다 못해 교수실로 찾아가 항의
를 했다. 교수는 이렇게 말했다.

"이것은 정규 수업입니다. 당신의 과외 활동은 내 수업 스케줄을
잡는 데에 전혀 고려할 대상이 아닙니다. 날더러 양보하라고요?"

이런 순간일수록 감정적으로 나가서는 절대로 안 되고 침착하게
대처해야 한다.

"물론 선생님의 마스터 클래스도 아주 중요합니다. 그러나 프로
연주자 지망생들에게 깁스 오케스트라 연습은 선생님 마스터 클래
스 못지않게 중요한 공부라고 생각합니다. 저희는 전혀 도전해볼
기회가 없었던 곡을 선택하여 고정된 자기 포지션을 가지고 익히고

또 익혀서 많은 청중들 앞에서 공연합니다. 저희가 정규 수업에서 그런 경험을 쌓을 수 있다면 더 좋겠지만 선생님도 아시다시피 그렇지 못한 실정입니다. 그래서 저희는 부족한 부분을 우리 힘으로 채워가고 있는 것입니다. 서로 시간이 겹치지 않도록 선생님께서 조금만 배려해주신다면 학생들은 중요한 두 가지 공부 중 어느 것 하나 놓치지 않고 다 챙길 수 있지 않겠습니까? 선생님께서 아량을 베풀어주시기 바랍니다. 이것은 박사 과정 학생으로서 부탁드리는 것이 아니라 프로페셔널 뮤지션으로서 정중히 요청하는 것입니다."

진정한 프로끼리는 직접 부딪쳤을 때, 뜻밖에도 문제를 쉽게 풀어낼 수 있다. 그 뒤로 이 바이올린 교수는 나의 가장 적극적인 후원자 중 한 사람이 되었다.

물론 나의 음악에 대한 열정을 격려하고, 장비 편의를 봐주고 여러 배려를 아끼지 않은 교수들이 훨씬 더 많았다. 음악 이론, 음악사 등의 여러 과목 수업에서 나의 리포트 기한을 두 번, 세 번 연거푸 연기해주면서 기다려준 고마운 교수들도 있었다. 내 경험으로 보면, 진정한 프로 정신을 가진 사람들은 다른 사람의 길을 막거나 방해하지도, 엉뚱한 일로 남을 괴롭히지도 않는다.

나를 옹호해주고 후원해주는 사람이 있으면 뒤에서 비난하는 사람도 있는 게 자연스러운 현상이다. 사람이 무에서 유를 창조해낸다는 것이 어떤 과정인지, 그리하여 성공을 널리 인정받게 되면 주위 사람들이 흔히 어떤 반응을 보이는지, 나는 깁스 오케스트라를 통해 남김없이 경험했다.

아무튼 그리하여 이스트만에서의 마지막 2년은 좋은 시설에서 학교의 전폭적인 후원을 받아가며 오케스트라 활동을 마음껏 펼칠 수 있었다. 말하자면 내 인생의 첫 하이라이트였다고나 할까. 학교에서는 지휘자를 위한 '월터 하겐' 상을 새로 제정하여 나에게 첫 수상의 영예를 안겨주었다. 그리고 지휘과 교수가 안식년을 맞아 한 학기 동안 학교를 비우게 되자, 객원 교수로 보충하던 관례를 깨고 박사 과정의 나를 파격적으로 채용하여 강단에 서게 해주었다.

내가 이스트만을 떠난 뒤 '깁스 오케스트라'와 '신익 함'은 재학생들 사이에 입에서 입으로 전해지는 전설로 남았다. 음악에 대한 순수한 열정 하나로 뭉쳐, 모든 음악적 실험을 다 할 수 있었던 그 시절의 경험은 아직도 나에게 큰 재산으로 남아 있다.

예일대 교수가 되던 날

이스트만에서 박사 공부를 마쳐가던 1991년 12월, 나는 폴란드에서 열린 피텔버그 국제 지휘 대회에서 입상을 했다. 청중이 뽑는 인기상과 폴란드 음악 교사 협회상까지 휩쓸었다. 당시 폴란드 국영 텔레비전 저녁 뉴스 시작의 시그널로 내 지휘 모습이 나올 정도로 나의 인기는 높았다. 이 상을 받은 것을 계기로 1992년부터 폴란드의 국립 실레지안 오페라의 수석 객원 지휘자로 초청을 받으며 폴란드의 주요 오케스트라들이 나를 객원 지휘자로 초청하기 시작했다. 바르샤바와 크라쿠프, 포즈난, 우츠, 브로츠와프, 카토비체 등 이름을 발음하기도 힘든 폴란드의 여러 도시로 순회 연주를 다녔다.

프로 지휘자 생활을 시작하면서 나는 앞으로 10년간 모든 연주의 프로그램을 새로운 것으로 하여 레퍼토리를 확보하는 데 최선을 다하겠다고 다짐했다. 사실 중요한 오케스트라와 연주를 할 때는 내가 잘 아는 곡들, 즉 연주를 해본 곡들을 하고 싶어 하는 게 오히려 당연할 것이다. 그래야 자신감을 가지고 능숙하게 연습 진행을 할 수 있기 때문이다. 하지만 이제 막 프로의 세계에 첫 발을 디딘 나는 의욕에 충만했다.

폴란드에서는 일 년에 2개월 이상의 연주 생활을 두 차례로 나누어 하기로 되어 있었다. 그 사이 사이에 러시아·미국·한국·남미 등의 오케스트라에서 연주 지휘를 해달라는 요청이 이어졌다. 나는 미국 오케스트라들의 상임 지휘자 공개 모집에도 부지런히 지원서를 보냈다. 곧 웨스트버지니아의 밀부룩 오케스트라에서 상임 지휘를 맡아달라는 연락이 왔다. 250명 이상의 경쟁자를 물리치고 내가 선택된 것이다. 이듬해인 1993년에는 텍사스의 애벌린 필하모닉에서 상임 지휘자로 초빙했다. 이 또한 300명 가까운 지원자 중에서 선택된 것이다. 두 오케스트라 모두 새로운 변화를 갈망하고 있던 터라 젊은 음악 에너지를 공급받기 위해 박사 과정도 미처 끝내지 못한 나를 상임 지휘자로 초빙하기로 결정한 것이다.

나는 지역 사회의 관심을 끌어 모을 수 있는 오케스트라를 만들기 위해 다양한 프로그램들을 기획하고, 직접 두 발로 뛰며 활동을 펼쳤다. '오케스트라 기금 마련을 위한 마라톤' '지휘자와 함께 자전거 타고 도시 돌기' '연주자와 청중의 도시락 미팅' 등이 그때 기획된 프로그램들인데, 이를 통해 생기 있고 친근한 오케스트라 이미지를 만들기 위해 노력했다.

이런 생활은 체력적으로 힘들고 또한 집을 자주 비워야 하기에 가족들에게 미안함도 컸지만, 나 같은 사람이 미국 사회에 제대로 뿌리를 내리려면 우선 되도록 많은 오케스트라에서 경험을 쌓는 것이 중요하다고 생각했다.

매주 비행기를 타고 이 도시 저 도시 옮겨 다니고, 밤이면 악보와 씨름하며 아이디어를 짜내고 낮에는 연습에 매달리다 보니 음악적으로 점점 고갈되어 간다는 느낌이 들었다. 음악적 영감을 주기만 하는 지휘자의 자리에서 벗어나 나도 때로 음악적 에너지를 수혈할 곳이 필요하다는 생각이 간절했다. 이런 저런 생각 끝에 1993년, 뉴욕 근처의 뉴저지로 이사를 했다. 아무런 연고도 없는 곳이었지만 과감하게 결정을 내렸다. 그곳은 매일 다채로운 연주회가 벌어지고, 언제라도 내가 듣고 싶은 오케스트라의 연주를 들을 수 있는 음악과 예술의 본고장이었으니까.

지휘자로서 학교와 전문 오케스트라 일 중 택일하는 것은 방향과 목적지가 전혀 다른 두 개의 사다리 중 하나를 선택하는 것과 같다. 교수인가, 프로 지휘자인가. 전문 오케스트라 지휘자로서의 생활이 3년째 되어가면서 내가 진정 원하는 것은 무엇인가에 대해 고민하는 시간도 많아졌다. 이제 서서히 진로를 결정해야 할 때가 된 것이다.

마침 이때 예일 대학교 교수 채용 광고가 나왔다. 1994년이었다. 예일대 학부 오케스트라의 음악 감독 겸 예일대 음대 대학원의 지휘과 교수를 구한다는 광고였다. 교수 경력이나 강의 경험이 전혀 없고 다만 3년이라는 짧은 시간 동안 프로 지휘자로만 활동한 내가 예일대 교수가 되기에는 자격 조건이 턱없이 모자란다는 것을 알고 있었지만 일단 지원서를 냈다. 당연히 큰 기대도 하지 않았다. 단지 교수를 하면 나도 공부를 하면서 다양한 레퍼토리를 시도해볼 수 있고 또한 가족에게 좀 더 안정을 줄 수 있다는 생각에 지원을 한 것이었다.

나중에 알고 보니 당시 예일대에서는 교수 경험보다는 프로 지휘자 경력과 가능성에 더 높은 점수를 준다는 계획을 가지고 있었다. 이제 막 예일에 입학한 학부생들은 이미 세계 각지에서 최고의 연주 교육과 훈련을 받은 뛰어난 연주자들이었고, 이들에게 가장 필요한 존재는 음악적인 영감과 흥분을 불러일으킬 수 있는 지휘자라고 대학 당국에서 생각하고 있었던 것이다.

심사위원회에서는 나의 연주 비디오테이프를 본 후 나를 인터뷰에 초청하였다. 150여 명의 지원자 중 최종 후보에 오른 사람은 나를 포함해 5명이었다. 물론 각자 다른 날에 불러 인터뷰를 하고 지휘를 시켜보았다.

1995년 3월 초, 예일 심포니의 하루 연습을 맡아 오케스트라를 지휘하는 모습을 보면서 심사위원과 예일대 학부 학장, 음대 학장, 그리고 단원들이 투표를 하여 의견을 모으고 예일 학부의 학장이 협상하는 절차로 일이 진행되어가고 있었다. 인터뷰 당시 가장 많이 받았던 질문은 '당신은 진정으로 예일에 오기를 원하는가?'였다.

"우리는 이곳에 오래 있을 사람을 구합니다. 당신 같은 사람은 몇 년 있다가 프로 오케스트라로 가려 하지 않겠습니까?"

사실 그들의 질문이 틀린 것만은 아니었다. 그때 즈음 나는 몇몇 교향악단의 상임 지휘자로 일하는 것 외에도 위스콘신 그린베이 교향악단의 음악 감독 최종 후보로서 마지막 관문을 남겨두고 있었다. 만약 예일대 교수를 하게 되면 지금하고 있는 일들은 물론 앞으로 할 일도 과감하게 정리해야 하기 때문이다.

예일에서의 오디션과 인터뷰는 대단히 성공적이었던 것 같다. 다음날 심사위원장인 리온 플란틴가 교수가 전화를 걸어왔다. 그는 세계적으로 널리 알려진 낭만파 시대 음악학자이기도 하다.

"우리 심사위원회는 내일 최종으로 결정을 하고 예일 대학교 본부에 보고를 하려고 합니다. 최종 결정을 위한 모임에 앞서 당신이 요구하는 것이 무엇인지를 정확히 알고 싶습니다."

그의 물음에 나는 이렇게 대답했다.

"우선 내가 계속해서 프로 지휘자로서 영감을 유지하기 위해서 나의 연주 활동을 허락해주시면 좋겠습니다. 앞으로 점차 외부 연주는 줄이겠지만 현재 잡혀있는 연주와 상임 지휘자로서의 스케줄은 보장해주셔야 합니다. 그리고 내 직위는 부교수(associate professor)로 해주면 좋겠습니다."

내 이야기를 잠자코 듣고 있던 그는 심사위원회와 이 문제를 논의해 보겠다고 하며 전화를 끊었다. 하루 만에 협상에 들어간 것이다. 아마도 교수 초빙위원회 심사위원들은 처음부터 나를 가장 유력한 후보로 점찍고 있었던 것 같다. 그들이 가장 원하는 사람이 프로 지휘자였고, 나의 지휘 연주를 지켜보면서 내가 학생들을 가르쳐본 경험은 없지만, 학교에 오면 학생들에게 음악에 대한 열정을

가장 뜨겁게 불 지펴 줄 수 있는 적임자라고 생각한 모양이었다. 다만 학교에 오래 있을 수 있겠는가가 그들의 관심사였는데, 내가 오히려 솔직하게 털어놓고 예일의 요구와 내가 처한 상황의 접점을 찾으려는 노력을 보이니 다른 오해를 하지 않은 것이다.

다음날 플란틴가 교수로부터 다시 전화가 걸려왔다.

"예일 심포니의 지휘자 자리는 지금까지 조교수(assistant professor)로 시작했습니다. 그런데 당신은 교수 경험이 전혀 없는데도 부교수 직위를 원합니다. 우리가 대학 본부에 당신을 부교수로 발령 내달라고 건의할 때 이 문제를 어떻게 설명해야 할까요?"

그의 말을 들으면서 나는 '이 사람들이 나를 진정으로 원하고 있구나' 하고 생각했다. 다만 내가 부교수 직책을 요구하는 게 가장 큰 걸림돌이 되고 있었던 것이다. 사실 학교 강단에 한 번도 서본 적 없는 사람이, 더구나 37살의 젊은 지휘자가 유서 깊은 예일대에게 '부교수' 자리를 요구하는 것은 무리한 일임에 틀림없다. 예일 심포니의 지휘자들이 그동안 조교수 급으로 임용되어 온 만큼 나도 그 직책을 받아들이는 것이 학교 입장에서 보면 행정적으로나 기존의 다른 단체와의 관계에서나 무리 없고 이상적이라고 생각할 것이다.

하지만 나는 양보하지 않았다. 나는 예일 심포니가 새로운 오케스트라로 거듭나고 학교 안에서나 대외적으로나 중요한 위치를 확보하려면 최고 책임자인 지휘자의 직급이 한 단계 올라가야 한다고 강조했다. 그리고 이것은 개인적인 혜택의 문제가 아니다, 단지 그거라면 나는 조교수 아니라 그 이하라도 열 번 백 번 양보할 수 있다, 하지만 이건 예일 심포니의 위상과 관계된 것이라고 분명하게 입장을 밝혔다.

당시 이 문제는 몇 주가 지나도록 결론이 나지 않았다. 예일 학부의 학장인 리처드 브로드헤드 박사와 나는 팩스와 전화로 여러 차례 숨 막히는 협상을 벌였다. 그리고 결국 예일은 나의 요구 조건을 승낙했다. 기존의 관행을 뒤집는 나의 주장은 지금 생각해도 등골이 서늘해지도록 아슬아슬한 행동이었다. 어디서 그런 배짱이 나왔는지 나도 모른다. 분명한 것은 단지 내 잇속을 차리는 게 목적이었다면 그렇게까지 대담하게 나가지 못했을 것이다.

나의 부임 이후로 지금까지 예일 심포니의 지휘자는 부교수 급으로 임용이 되고 있다. 나와 협상하느라 고생했던 브로드헤드 박사는 나중에 친구처럼 친해졌는데, 현재 듀크 대학의 총장으로 있다.

미국에서의 유학 생활 8년과 사회 경력 3년, 총 11년 만에 예일대 교수라는 영광된 자리를 얻게 된 나는 감격으로 몸을 떨었다. 처음 200달러를 들고 미국에 올 때만 해도 내가 예일대 교수가 될 수 있으리라는 것을 상상도 하지 못했다. 영어 때문에 강의를 잘 알아듣지 못해 친구를 집에 불러 음식을 해 먹여가며 영어를 배울 때만 해도, 고된 유학 생활 중 생활비를 벌기 위해 냉동 트럭을 몰고 지압사 노릇을 할 때만 해도 나에게 이런 미래가 있을 줄 몰랐다. 그저 순간순간 최선을 다하고, 하고 싶은 게 있으면 앞뒤 가리지 않고 불도저처럼 내달리다 보니 여기까지 오게 된 것이다.

한국에서 대학과 군대를 마친 사람으로는 최초로 예일대 풀타임 교수가 되는 순간이었다. 물론 그 이전에 법대의 헤럴드 고(고홍주) 교수가 있었지만 그는 한국계 이민 2세로, 엄밀하게 말하면 미국인이다.

나는 이 소식을 한국의 부모님께 제일 먼저 알렸다.

"아버지, 어머니! 제가 예일대 교수가 됐습니다."

전화기 저쪽에서 아버지는 한동안 말이 없으셨다.

"아버지, 들리지 않으세요? 아버지 아들 신익이가 예일 대학교 교수가 되었다니까요."

잠시 후 들려오는 아버지의 목소리는 낮게 잠겨있었다. 울음을 꾹꾹 누르고 계신 것이 분명했다.

"장하다, 신익아. 정말 은혜롭구나. 하나님이 너와 함께 하셨다."

아버지는 전화기를 들고 감사의 기도를 올렸다. 아버지의 기도를 들으며, 나는 아주 오랜만에 삼양동 달동네 교회 목사의 아들로 돌아온 기분이었다. 내가 정신없이 앞만 보고 내달려오는 동안 늘 같은 자리에서 같은 마음으로 나를 위해 기도하고 축복을 구하신 부모님, 그리고 늘 내 옆에서 역사하신 하나님.

전화를 끊고 나는 다시 아내와 함께 눈물과 감사의 긴 기도를 올렸다.

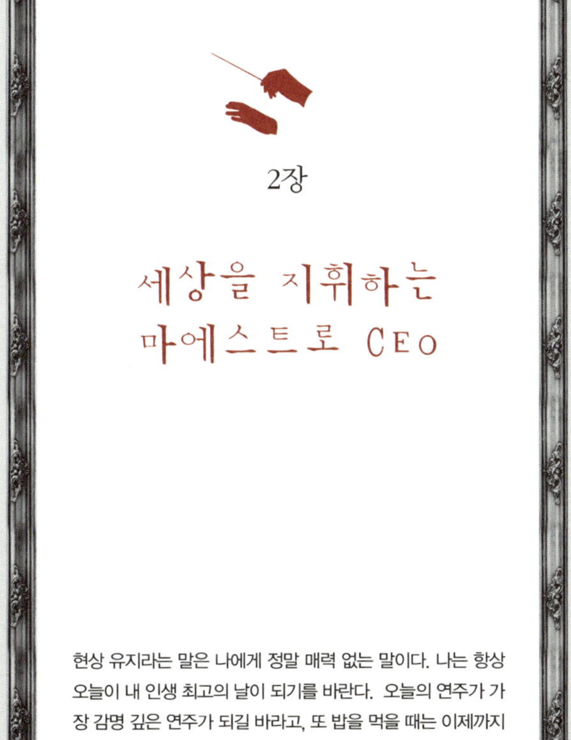

2장

세상을 지휘하는 마에스트로 CEO

현상 유지라는 말은 나에게 정말 매력 없는 말이다. 나는 항상 오늘이 내 인생 최고의 날이 되기를 바란다. 오늘의 연주가 가장 감명 깊은 연주가 되길 바라고, 또 밥을 먹을 때는 이제까지의 식사 중 오늘의 식사가 가장 맛있는 식사라고 느끼며 먹기를 원한다.

오케스트라 부흥사

나는 1995년부터 6년 가까이 미국 위스콘신 주에 있는 그린베이 심포니의 상임 지휘자로 일했다. 위스콘신, 일리노이, 인디애나, 오하이오, 미네소타로 이어지는 미국의 중서부 지역은 미국에서도 가장 보수적이고 전형적인 미국적 삶이 유지되는 지역이다. 이민이나 소수 민족의 비율이 아주 작아서 동양 사람들은 그만큼 정착하기가 어려운 지역이기도 하다. 가장 전형적인 미국말을 구사하기 때문에 앵커 중에도 이 지역 출신들이 많다.

그린베이는 위스콘신 주의 북동부에 있는 도시로, 문화 활동이 썩 활발한 지역은 아니다. 우리나라에 '유한 킴벌리'라는 이름으로 잘 알려져 있는 킴벌리 클라크라는 세계적인 화장지 회사 공장이 이곳에 있으며 '그린베이 패커스'라는 미식축구 챔피언 팀도 유명하다.

미국의 오케스트라 지휘자 선발 과정이 대개 그렇듯이, 그린베이 심포니는 150여 명의 상임 지휘자 후보를 놓고 추리고 또 추리는 까다로운 심사 과정을 거쳐 한국인인 나를 상임 지휘자로 선택했다.

그러나 앞서 말한 특유의 분위기 때문에 그 지역 정서에 융화하기까지 나는 꽤나 고전을 해야 했다. 물론 헤어질 때는 그린베이 심포니를 구심점으로 하여 그 도시 전체가 문화적으로 눈부시게 성장하게 된 공로를 나에게 돌리기를 주저하는 사람이 없었지만 말이다.

그린베이 심포니의 정기 연주회가 있었던 어느 날의 일이다. 무대 뒤로 어느 나이 든 부부가 찾아와서 음악이 정말 좋았다는 찬사와 함께 이런 개인적인 이야기를 털어놓았다.

"우리는 시카고에 살다가 그린베이에 새 일자리가 생기는 바람에 이 지역과 인연을 맺게 되었습니다. 새 직장은 아주 마음에 들지만 이곳으로 이사를 해야 하나 말아야 하나 고민을 많이 했습니다. 이 춥고 황량한 공장 지대로 옮겨와 살게 되면, 문화적으로도 메마른 생활을 해야 할 것 같아서 엄두가 안 났기 때문이죠. 그래서 오늘도 주변 환경을 좀 더 둘러볼 겸 그린베이 심포니의 연주회에 왔었습니다. 연주회 끝나고 나오면서 우리는 누가 먼저랄 것도 없이 '이제 마음 놓고 이사해도 되겠다'며 즐거워했습니다. 왠지 아십니까? 이렇게 훌륭한 오케스트라를 키우고 그 문화를 누리는 도시라면 더 이상 망설이지 않고 옮겨와 살아도 좋겠다는 판단을 한 거죠."

미국 사람들은 생활환경의 첫째 조건으로 유난히 문화 수준을 따진다. 공장 지대 블루 컬러의 문화 수준에 적응하며 살아야 할지도 모른다는 생각에 이사를 꺼리던 그 부부가 선뜻 이사 오기로 마음 먹는 데에 그린베이 교향악단이라는 존재가 결정적으로 작용했다니, 지휘자로서 마음 뿌듯한 일이었다.

미국에서 나는 오케스트라 부흥사로 널리 알려져 있다. 진짜 음악가는 순수 음악의 외딴 섬에 고고히 머물러야 한다고 믿는 사람이라면, '오케스트라 부흥사'라는 평가가 과연 지휘자가 누릴 수 있는 최상의 찬사냐고 고개를 갸웃거릴 수도 있겠다. 그러나 참으로 다양한 문화가 공존하는 이 시대에, 미국에서도 수많은 오케스트라가 심한 경영난을 겪고 있는 것이 사실이다. 공연 흥행이 시원치 않아 갈수록 재정 규모가 축소되고, 단원들이 분발할 동기를 찾지 못해 음악은 시들어가고, 주민의 관심도 식어 가는 오케스트라가 흔하다. 뜻있는 지역 사회 인사들이 이를 안타까워하고 돌파구를 찾으려 해도 한계가 있다. 음악과 흥행이라는 두 마리 토끼 중 그 어느 하나만으로는 오케스트라의 희생은 일시적인 것에 그치고 말기 때문이다(경영난 타개를 위해 '팝스 콘서트' 같은 가벼운 기획으로 방향을 바꾸는 경우가 흔한데, 그렇게 해서는 청중을 그저 잠시 붙들 수 있을 뿐이다).

그들은 '마에스트로 함'이 뛰어들면 음악이 살아나고 주민들의 발걸음이 다시 공연장으로 향하며, 가뭄에 단비 만난 듯 후원자가 생겨난다고 이야기한다. 그것은 음악과 흥행의 두 마리 토끼를 다 잡을 수 있는 지휘자라는 평가임에 틀림없다. 그래서 나는 내가 얻은 '오케스트라 부흥사'라는 타이틀을 영예롭게 여긴다.

특히 애벌린 필하모닉 부흥의 주역으로 나를 기억하는 사람들이 많다. 1993년에 애벌린 필하모닉의 상임 지휘자로 취임하여 십수

년 동안 그들과 세월을 함께했다. ABC 방송은 앵커 피터 제닝스가 진행하는 〈월드 뉴스 투나잇〉 쇼를 통해서 지휘자 함신익이 어떻게 애벌린 필하모닉이 '가장 짧은 시간 동안에 가장 큰 성장을 거두도록' 변혁시켰는지, 여느 벤처 기업 성공 스토리 못지않게 미국 전역에 널리 알렸다. 애벌린 시는 지역 문화 수준을 끌어 올려준 나의 공로에 대한 감사의 표시로 '함신익의 날'을 선포하기까지 했다. 미국 시민들은 이런 일들을 통해 지역 문화 부흥의 바람직한 본보기의 하나로 애벌린 필하모닉을 주목하게 되었다.

그러나 내가 한 일은 그리 기상천외한 일이 아니었다. 비유해서 말하자면, 환기가 안 되는 사무실에 들어가 모든 창문을 활짝 열어 젖히고 찌뿌드드한 컨디션으로 마지못해 일하던 사람들을 일으켜 세워 맨손 체조를 시킨 것, 그리고 신나는 하루가 되도록 불합리한 시스템을 고치고 업무 환경을 개선한 것, 그게 내가 한 일의 전부다. 나는 프로 지휘자의 세계에 처음 발을 디딘 애송이 시절부터. 주어진 환경에 순응하기보다는 오케스트라 체질 개선에 과감하게 앞장섰다. 매너리즘과 저효율은 무엇보다도 나 자신에게 용납이 안 되는 악덕이기 때문이다. 내 코가 못 견뎠기에 창문을 열지 않을 수 없었다고나 할까.

애벌린 필하모닉에 부임했을 때, 조직의 혁신을 꾀하는 나의 작업은 공정한 인사 기준을 세워 단원을 재평가하고 재정비하는 것에서 시작되었다. 기존의 단원을 재평가하는 일은 언제나 상당한 반발을 감수해야 하는 곤혹스러운 과정이지만, 이 과정 없이 혁신은 불가능하다. 실력이 모자라는 기존의 단원은 엄격한 경쟁에서 자연히 밀려날 수밖에 없었고, 나는 인근 지역 연주자들에게도 문호를 개방하여 여러 유능한 새 연주자들로 그 자리를 보충했다.

그 다음으로 한 일이 오케스트라 운영 인력의 전문성을 강화한 것이다. 오케스트라 매니저를 동네 유지가 아닌 마케팅에 밝은 전문 매니저로 바꾸어 다양한 마케팅 전술을 발휘하도록 했다. 한편 오케스트라 이사회 안에서는 정기적인 세미나를 열었다. 이 세미나를 통해 우리가 벤치마킹할 만한 다른 오케스트라의 사례를 분석하고, 그 결과에 따라 중장기 계획을 짜나갔다. 연주 횟수를 점진적으로 늘렸고, 그에 따라 단원들의 급여 수준을 개선했으며, 연주회 한 번에 이사회가 조성해야 할 후원금 목표액도 순차적으로 높여 나갔다. 나는 또한 발이 닳도록 돌아다니며 은행장, 변호사, 의사, 사업가, 교수 등의 전문직 종사자들을 이사회에 영입했다. 이들의 참여로 이사회의 전문성이 강화된 것은 물론 후원금 조성 능력도 신장됐으니 일거양득이었다. 이들은 사회의 다양한 분야로 파고들어 '우리 오케스트라를 살리자(SOS : Save Our Symphony)' 캠페인을 벌여 주었다.

이러한 새로운 토대 위에서 음악의 질을 끌어올리고자 전력을 다했으며, 다양한 이벤트로 시민의 관심에 불을 지폈다. 애벌린에서 가장 성공했던 아이디어 상품으로는 바흐스 런치(Bach's lunch)가 있다. 연주가 있는 주의 금요일마다 자원봉사자들이 점심용 샌드위치를 박스에 담아 파는 행사다. 음악적인 기분이 나도록 '박스(Box)'를 '바흐(Bach)'로 표기했다. 지휘자, 단원, 청중이 모두 한자리에 앉아 그 점심을 먹으며, 내일의 프로그램에 대해 이야기를 나누고 지휘자나 연주자로부터 곡에 대한 간단한 해설도 듣는다.

이 행사가 뜨거운 반응을 얻자 우리는 연주 직전 모임도 마련했다. 8시 공연이면 7시 15분에 무대 뒤 그린 룸에서 음악학자를 초청하여 그날의 연주에 대해 이야기를 듣는 모임이었다. 그리고 매니저는 애벌린의 주요 식당, 책방, 커피숍과 연계하여 우리의 연주 티켓을 할인 판매하게 했다.

바야흐로 한 달이면 두세 번씩 애벌린 필하모닉으로 인해 온 시내가 활기를 띠게 되었다. 오일 쇼크로 미국 경제가 불황에 빠지면서 폐점한 가게가 많았던 애벌린의 중심가가 되살아나기 시작했다. 새로운 레스토랑, 커피숍이 연달아 개업을 했고 책방도 북적거렸다. 그리하여 애벌린 필하모닉이 죽어가던 애벌린 시를 부활시켰다는 소식이 텔레비전을 통해 방영되기에 이른 것이다.

지휘자는 오케스트라의 음악적 리더이자 운영자다. 음악적으로 오케스트라를 잘 훈련시키고 가꾸어나가는 일에 무엇보다도 큰 사명감을 느껴야 할 터임은 말할 것도 없다. 그러나 그것만으로는 부족하다. 아니 그것에만 만족하고 열중해서는 음악의 수준 향상은커녕 현상 유지도 어려워진다는 게 내 생각이다.

실력이 떨어지는 단원은 남보다 더 열심히 연습하지 않고는 못 배기게 만들고, 열정이 없는 단원에게는 열정을 심어주며, 덜 팔리는 표를 더 팔리게 하고, 청중이 선호해도 개런티가 없어 초청하지 못하는 세계적 연주자를 초청할 수 있도록 재원을 조달하는 일도 그 못지않게 중요하다. 이 모두가 시너지 효과를 내어 오케스트라를 살리고, 음악적 수준을 향상시키고, 지역 주민의 관심을 이끌어 낼 수 있는 것이다.

"일이라는 건 열심히 해도 불평하는 사람들이 생기고 열심히 안 해도 비난을 받는다. 기왕이면 열심히 하고 욕을 먹자. 언제가 될

지 모르지만 내가 나중에 이 오케스트라를 떠날 때 '참 지독한 사람이다, 그러나 음악은 정말 제대로 만든다'는 소리를 들으면서 떠나자."

나는 항상 그런 마음으로 모든 일을 하고 있다. '이루지 못할 것처럼 보이는 것을 이뤄내는 것(to achieve the unachievable)', 삶이란 바로 그런 과정의 연속이라고 생각한다.

흰머리 연주회, 청바지 연주회

미국의 경우 클래식 음악 연주회 청중의 대부분은 50~60대가 차지한다. 젊은 청중이 많은 한국과는 참으로 대조적이다. 물론 어느 쪽이 좋다 나쁘다 말할 수는 없다. 미국의 경우 '실버' 청중의 폭이 상대적으로 두터운 것은 젊은 사람들이 클래식 음악에 점점 관심을 덜 갖기 때문이기도 하지만, 30~40대 젊은 부모의 여건이나 생활 패턴이 공연 문화를 제대로 누리기 어렵게 되어 있기 때문이기도 하다.

한국에서는 아이들이 초등학교 고학년쯤만 되어도 부모가 충분히 저녁 외출을 할 수 있다. 미리 밥 차려놓고 '너희끼리 저녁 먹고 공부하고 있어라, 엄마랑 아빠는 10시쯤 돌아온다'라고 당부하고 나가는 일이 크게 문제될 게 없다. 그러나 미국에서는 청소년들만 집에 남겨두고 외출했다가는 부모 자격이 없다고 아이를 뺏기게 된다. 법규가 그렇게 되어 있다. 그러니 저녁 시간에 부부가 문화 행사를 관람하기 위해 외출을 한다는 게 쉬운 일이 아니다. 그 시간 동안 부모 대신에 아이들을 돌봐줄 사람을 쓰려면 문화 행사에 드는 직접적인 비용 말고도 시간당으로 치러야 하는 비싼 인건비가 추가되니 큰맘 먹어야 가능하다. 철저히 가족 단위로 생활하는 미국에서 아이들을 이웃집에 맡기는 것도 여간해서 시도하기 어렵다. 이래저래 저녁에 돌아다닐 일은 아예 포기하고 집에서 텔레비전을 보거나 아이들과 함께 즐길 수 있는 영화 관람을 선택할 수밖에 없는 게 미국 젊은 부모들의 현실이다.

미국의 웬만한 클래식 애호가들에게는 시즌 티켓의 구매가 생활화되어 있다. 대개 1년 동안 자기 지역 오케스트라 연주를 패키지로 관람할 수 있는 시즌 티켓을 구매하여 정기적으로 공연을 관람한다. 그러나 아무리 클래식 공연을 즐기는 사람이라 해도, 아이들 때문에 자유롭게 저녁 외출을 할 형편이 안 된다면 정기 관람은 엄두도 못 낼 일이다. 또 출·퇴근의 빠듯한 일상생활에 매여 지내는 샐러리맨이라면 꼭 아이 문제가 아니더라도 평일의 공연 관람은 부담스럽다. 연주회 시간에 맞추려면 5시에 퇴근해서 서둘러 집에 가서 밥 해먹고 옷 갈아입고 부랴부랴 연주회 장소로 달려가야 하고, 끝나면 붐비는 주차장에서 서둘러 차를 빼서 집으로 돌아가도 매우 늦은 시간이 되기 때문에 자주 즐길 만한 가벼운 외출은 아니다.

사정이 이러하니, 고상한 문화 행사는 아이들 다 키워 시집장가 보낸 다음으로 미루고 산다. 잘 차려입고 공연을 관람한 뒤에 근사한 레스토랑에서 친구들과 어울려 풀코스 디너를 즐기며 그날의 연주에 대해 이러쿵저러쿵 여유 있게 대화도 나눌 수 있을 만큼 시간과 경제적 여유를 누릴 수 있게 되는 건 언제일까? 바로 퇴직한 다음이다. 그러니 연주회장의 좋은 자리가 대개 현역에서 은퇴한 연금 생활자들로 채워지는 것은 당연한 일이다. 유럽 청중들은 오래오래 깊은 박수를 치는 반면, 미국 청중들은 '커튼 콜' 한두 번에는 열렬히 기립 박수를 보내지만 박수가 오래 가지 않는다. 이것에 대해 연령층이 높다 보니 주차장에서 빨리 차를 꺼내어 길이 막히기 전에 공연장에서 벗어나려고 서둘러 객석을 뜨기 때문이 아닌가 하고 분석하는 사람도 있다.

그들에게 하루 저녁의 클래식 음악회는 미리미리 계획되는 여섯 시간짜리 풀코스 행사라고 해도 과언이 아니다. 우리처럼 내일 공연이면 오늘 표 사고, 공연장 근처 우동집에서 우동 한 그릇 후루룩 먹은 다음 서둘러 객석에 찾아 들어가 앉고, 쉬는 시간이나 되어야 로비에서 커피 한 잔 마시며 한숨 돌리는 공연 관람과는 정말 대조적이다. 그러나 우리의 방법이 바뀌어야 한다는 뜻은 결코 아니다. 우리 식은 우리 식대로 실속 있고 현실적인 방법이라고 생각한다. 클래식 음악을 즐기는 일에 풀코스 디너나 비싼 정장이 필수는 아니니까 말이다. 다만 공짜 티켓이 생기기 전에는 결코 내 돈 내고 연주회 안 가는 풍토, 학생의 경우 학교에서 연주회 관람 티켓을 제출하라는 숙제가 나왔을 때만 연주회에 가는 풍토는 바뀌어야 한다.

아무리 미국의 공연 예술이 흰머리 고객 중심으로 흐른다고 할지라도, 여전히 젊은 층은 무한한 개발 가능성을 지닌 '가망 관객층'이다. 그들의 생활 패턴을 섬세히 고려하여 그 여건 속에서 즐겁게 즐길 만한 공연을 기획한다면, 젊은 관객을 공연장으로 끌어들여 침체된 클래식 시장에 활기를 불어넣을 수 있을 것이다. 토요일 이른 저녁에 젊은이들이 부담 없이 편한 청바지 차림으로 나와 음악을 즐길 수 있게 한 'Jean's Night(청바지의 밤)'나 'Under Forty(40세 미만 입장가)'가 바로 그런 점에 착안하여 내가 만들어낸 연주회다.

내가 그린베이에 갔을 때, 그곳에는 와이드너 센터라는 이름의 멋진 홀이 새로 세워진 직후였다. 그러나 그린베이 심포니는 이미 오랜 시간 동안 인근 지역의 밀워키 오케스트라에게 청중을 빼앗겨서 적자만 늘어가던 형편이라, 음향 효과가 환상적인 그 홀의 주인공이 되기에는 역부족이었다. 자연히 와이드너 센터는 브로드웨이 쇼를 비롯한 다른 기획 공연들을 활발하게 유치하기 시작했다. 그린베이 심포니는 새 연주 홀 시대를 맞아 발전이 아닌 새로운 위기 상황에 처한 셈이었다. 나는 이 위기 상황을 타개해야 할 짐을 짊어지고 그린베이 심포니의 새 상임 지휘자로 부임한 것이었다.

이 지역의 겨울은 혹독하게 춥고 눈이 많이 오기로 유명하다. 제설 작업에 실패한 시장은 다음 선거에 나올 생각을 말라는 이야기가 있을 정도다. 그래서 상류층 백인 가정 중에는 플로리다나 멕시코에서 기나긴 겨울을 지내고 봄이 되면 돌아오는 이들도 많다.

이런 도시의 특수성을 파악한 나는 오케스트라의 활로를 찾기 위해 고용 규모가 큰 회사들을 주로 찾아 다녔다. 보험 회사 로비에 소 편성 오케스트라를 데리고 가서 점심시간에 소 음악회를 열어주었다. 그리고 책임자를 찾아가 설득했다.

"귀하의 회사 직원들이 오늘 점심시간을 얼마나 흥겹게 즐겼는지 보셨습니까? 귀하의 회사는 이익의 사회 환원에 힘써서 지역 사회 발전에 많은 공헌을 하고 있는 것으로 평판이 나 있습니다. 이번 기회에 이 회사의 이름으로 아주 유쾌한 선물을 지역 사회에 한번 선사하시는 게 어떻겠습니까?"

내가 제안한 행사는 저녁의 강변 연주였다. 예상대로 큰 호응을 얻어 후원사도 만족할 만한 기업 이미지 제고 효과를 누렸고, 그린베이 오케스트라도 큰 홍보 효과를 거두었다.

나는 이런 식으로 아메리칸 익스프레스를 비롯한 여러 기업을 후원사로 유치해 나갔다. 재원이 확보되니 청중이 선호하는 유명 연주자들을 유치하여 주목할 만한 새 공연을 기획하는 일이 가능해졌고, 지역 사회가 그린베이 심포니를 주목하기 시작했다. 마침내 그린베이 오케스트라는 지역 사회에서 가장 청중 동원력이 높은 연주 단체로 부상하여 와이드너 센터의 주인공 자리를 당당하게 차지할 수 있었다.

지휘자가 음악에만 전념해도 오케스트라가 순항할 수 있다면 얼마나 좋을까? 그러나 원하는 연주자를 불러 원하는 프로그램을 무대에 올리려면 거기 필요한 비용을 충당할 대책을 미리 세워야 하는 게 미국 오케스트라의 운영 방식이다. 비용은 상당 부분 후원금을 조성하여 조달해야 한다. 이러한 현실은 경영자로서의 도전 의식을 끊임없이 자극하며, 나로 하여금 늘 이 말을 되뇌게 만든다.

"남이 다 하는 것을 이루는 건 성취가 아니다. 성취는 남보다 한 발 앞서 가서 먼저 따내는 것이다."

앨라배마의 투스칼루사 심포니 상임 지휘자로 취임하던 날 나는 이사회에서 이렇게 말했다.

"나는 여러분이 기적을 만드는 일을 도와주러 온 사람입니다. 만일 여러분이 오케스트라 운영의 모든 과정에서 현재 수준에 만족하신다면 여러분은 사람을 잘못 선택하셨습니다. 저를 부를 일이 아니었습니다."

현상 유지라는 말은 나에게 정말 매력 없는 말이다. 가령 골프를 치면 나는 생애 최고의 점수를 내겠다는 기분으로 치며, 밥을 먹을 때는 이제까지의 식사 중 가장 맛있는 식사가 오늘의 식사라고 느끼며 먹기를 원한다. 오늘의 공부가 가장 짧은 시간에 가장 의미 있는 것을 채워준 시간이었기를 바라며, 연주를 하게 되면 더 많은 청중에게 더 깊은 감명을 주게 되기를 기도한다. 그것이 바로 내가 지금까지 이끌어온 내 삶의 모습이고 앞으로도 그렇게 살 것이다.

축구와 오케스트라

2000년 12월의 어느 날, 집으로 전화가 걸려왔다.

"예일 음대 함신익 교수님 댁입니까?"

"네, 그렇습니다만."

"안녕하십니까? 여기는 한국입니다. 대전 시청입니다. 우리 대전 시립 교향악단의 예술 감독으로 함 교수님을 초빙하고 싶습니다."

이렇게 해서 나는 2001년 1월, 대전 시립 교향악단의 예술 감독 겸 상임 지휘자로 부임하였다. 이보다 몇 달 전인 2000년 여름, 서울 예술의전당에서 연주회 준비를 하던 내게 김순정 단무장과 대전 시청의 예술단 담당 전문위원이 찾아와 같은 해 10월에 열릴 대전 시향 100회 정기 연주회 객원 지휘를 부탁하여 대전 시향과 무대에 선 적이 있는데, 그것이 인연이 되어 상임 지휘자까지 이어진 것이다.

미국에서의 학교 일과 여러 연주 활동으로 시간이 넉넉지 않았던 터라 일 년에 13주에서 15주 정도 대전 시향을 위해 일할 수 있었다. 보통 세계의 메이저급 오케스트라 상임 지휘자들도 일 년에

12주 정도 지휘를 맡고 나머지 일은 이메일이나 전화로 처리한다(서울 시향의 상임 지휘자인 정명훈 씨도 일 년에 10주 정도 같이 일하는 것으로 알고 있다). 나는 일 년에 대여섯 차례 대전에 와서 짧게는 일주일, 길게는 한 달 이상씩 머무르며 연주를 비롯한 모든 일을 처리하기로 했다.

대전 시향을 맡기까지 많은 갈등이 있었지만 나는 몇 가지 긍정적인 면을 보고 결국은 가기로 결심을 하였다.

첫째, 대전은 수준 높은 문화에 목말라 하는 잠재적 수요층이 많은 곳이다. 대덕 연구 단지를 비롯한 여러 연구 단지와 군 본부, 카이스트 등이 포진해 있는 대전은 한국에서 가장 교육 수준이 높은 도시 중의 하나다. 하지만 그에 비해 문화적 인프라는 거의 불모지라 불릴 정도로 열악해, 대중 가수들도 전국 순회 콘서트를 할 때 대전만은 피해간다고 할 정도였다. 평소 잘 알고 지내는 피아니스트 백건우 선생도 전국 순회 독주회를 할 때 대전은 피해갔다고 하였다. 그러니 문화에 목말라하는 대전의 많은 사람들은 대부분 서울까지 올라가야 원하는 것을 누릴 수 있다. 대전 시향이 지역 문화를 꽃피우면 이 사람들을 끌어들일 수 있지 않을까 하는 생각이 들었다.

둘째, 지금은 완공되어 운행되고 있는 KTX가 당시 한창 공사 중이었다. 이 공사가 완공되면 전국이 한층 가까워져 전국의 청중 확보가 가능하니 대전이 대한민국의 진정한 문화 중심으로 발돋움할 수 있을 거라는 생각이 들었다. 교통이 편리해지면 우수 단원 확보도 훨씬 용이해질 터였다.

셋째, 당시 새로운 연주 홀(현재의 대전 문화예술의전당)의 공사가 재정적인 이유로 잠시 중단된 상태였지만, 공사가 재개되면 곧 전용 홀이 생긴다는 희망이 있었다.

이런 희망을 가슴에 안고 한국에서의 첫 예술 감독 겸 상임 지휘자라는 막중한 임무를 시작하였다.

처음 부임 했을 때 연주 홀 과 연습 장소는 말 그대로 최악이었다. 이런 곳에서 어떻게 음악을 해왔는지 존경스럽기까지 하였다. 대전 시청의 신청사는 신시가지에 멋지게 지어 이주를 한 상태였고 썰렁하게 남은 구청사는 을씨년스럽게 텅 빈 동네를 지키고 있었는데, 우리 연습실이 바로 곧 헐릴 구 시청 이층의 회의실이었다. 오케스트라가 연습하기에는 전혀 어울리지 않는 곳이었다.

한편 연주 홀로 쓰인 엑스포 홀 역시 열악한 음향 시설을 가지고 있었다. 여름에는 천정에서 나오는 에어컨 소리가 오케스트라 소리보다 클 때도 있었다. 유료 청중은 거의 없고 무료 청중 그리고 학교를 통해 동원된 청소년이 대부분이었다. 어린아이들이 연주 중에 뛰어다니고, 청중석에서는 핸드폰 소리가 자꾸 터져 나와 연주 분위기가 제대로 잡히지 않았다.

외부적인 환경만이 문제는 아니었다. 안정적인 행정을 지향하는 시와 변화를 추구하는 지휘자 사이의 일 처리 방식이 달라 애를 먹었다. 오케스트라단은 지금 당장 바꾸어 실행에 옮기고 싶은 게 많은데 시 당국은 결재하고 심의하는 데 너무 오랜 시간이 걸려 답답했다. 그래서 아침에 오케스트라의 행정 담당 책임자인 김순정 단무장을 만나면 일하기가 힘들다며 "왜 저를 이곳에 오게 하셨나요?" 하고 투정을 부리기도 했다.

그러나 언제까지 환경 탓만 하고 있겠는가? 환경이 열악하다는 것을 뒤집어 생각하면 일할 거리가 그만큼 많다는 것이고, 변화의 효과도 크게 나타날 수 있다는 것 아닌가? 도전이 많은 만큼 성취감도 클 것이다.

나는 우선 오케스트라 부흥사로서 내 본연의 임무에 충실하기로 했다. 어떻게 일반 청중들에게, 우리의 자라나는 청소년들에게 대전 시향이 다가갈 수 있을까? 사람들의 관심을 얻으려면 남들과 똑같은 형태의 음악회 가지고서는 실패할 수밖에 없다. 나는 음악 수준이 높은 청중을 위한 '마스터즈 시리즈'와 클래식 음악이 어렵고 생소한 초보자들의 음악 입문을 위한 '디스커버리 시리즈', 두 개로 큰 갈래를 잡고 공연 기획의 아이디어를 짜냈다.

2001년 여름에 있었던 대전 시향의 공연 '악기들의 올림픽'은 그러한 고민과 모색에 대한 하나의 결과물이었다. 방학을 맞은 많은 청소년들에게 졸리기는커녕 무대 위에서 뛰놀아보기까지 하는 특별한 경험을 안겨주었던 공연이다.

"가장 낮은 음 경주에선 누가 이길까요? 자, 플루트 한번 달려볼까요? 그 다음엔 바이올린, 그 다음엔 첼로. 안타깝네요. 그 뒤에 바짝 붙어 달려오는 저 큰 악기는 콘트라베이스. 네, 오늘의 우승 주자는 콘트라베이스입니다."

현악기, 목관악기, 금관악기가 총출동하여 서로 겨루어 가장 날카로운 소리, 가장 부드러운 소리, 가장 높은 소리, 가장 낮은 소리를 가려 나가는 과정을 마라톤 형식을 빌어 극화해놓았다. 게다가 뮤직 캐스터가 나와서 경기를 중계하는 형식이라 더욱더 청소년들의 호기심을 자극한다.

그 공연에서 우리는 그 무렵 막 떠오르고 있던 신예 여성 그룹 쥬얼리를 뮤직 캐스터로 내세웠다. 사실은 인기 절정이던 핑클을 섭외하려 했지만 스케줄이 너무 바빠 대안으로 쥬얼리를 내세운 건데, 지금 쥬얼리의 인기도 대단한 것을 보면 당시 그들을 연결시켜 준 모 방송국 PD가 선견지명이 있었던 것 같다.

파격은 거기서 그치지 않았다. 대전 시향 단원들과 나는 또 다른 아이디어로 청중들을 놀라게 했으니, 모두 검은 연주복을 벗어버린 것이다. 단원들은 각양각색의 간편한 티셔츠 차림으로 무대에 올랐고, 나는 축구복에 운동화, 축구 양말, 정강이를 보호하는 아대까지 차고 지휘봉을 들었다. 이 운동복은 동대문 운동장 지하상가의 운동복 가게를 샅샅이 뒤져 고른 것으로 등에는 '함신익' 이름도 새겼다. 내가 음악 다음으로 축구를 좋아하고, 지금도 틈만 나면 운동장에서 땀을 흘리기 때문일까? 왠지 '축구'라는 주제가 청중과 지휘자 사이를 이어주는 좋은 다리가 되어줄 것 같았다. 연주 후에는 무대에서 청중들을 향해 축구공을 차 보내주는 서비스를 하였는데, 이층 객석까지 날아가는 공을 보고 청중들이 '와!' 하며 환호를 하였다. 음악 이외의 일로 무대에서 환호를 받기는 그때가 처음이었다.

지역 오케스트라의 본분은 그 지역 사람들로 하여금 오케스트라의 존재를 가까이에서 느끼고 누릴 수 있게 하는 것이다. 특히 '청소년과의 연계가 중요하다. 그렇기 때문에 나는 대전 시향의 상임 지휘자가 되면서 '대전에 사는 청소년이라면 적어도 한 해에 한 번은 대전 시향의 연주를 감상하는 계기를 마련해주겠다'는 목표를 세웠다. 청소년들이 오케스트라 음악에서 즐거움을 느끼게 하려면 우선 오케스트라는 어떤 악기들로 구성되며, 그 악기들의 특징이 무엇인지를 지루하지 않은 방식으로 이해시키는 일이 필요했다. '악기들의 올림픽'은 그런 생각에서 기획된 공연이다.

이 공연의 첫 레퍼토리였던 '관현악을 위한 놀이 모음곡'은 '악기들의 올림픽'에서 몇 걸음 더 나아간, 힙합 세대에 걸맞은 놀이 음악이다. 줄리아드 음악 학교에서 공부한 젊은 작곡가 조상욱이 대전 시향의 위촉을 받아 이날의 무대를 위해 특별히 만들어준 곡이다. 아이들이 자기들이 있는 곳이 연주회장인지 놀이터인지를 착각할 만큼 무대 장치며 조명이며 모든 요소를 파격적으로 꾸몄다. 아이들이 무대 위로 올라와 고무줄 넘기, 공기 놀이를 하며 노는 대목은 파격의 정점이었다. 아무리 역동적인 무대라도 객석에서 바라보기만 하는 것과 직접 거기 뛰어들어 보는 것은 판이하게 다른 경험이다.

후반에는 '자연과 음악'이라는 주제 아래 여러 작곡가들의 관현악곡에서 날씨와 계절에 관한 악장만 뽑아 레퍼토리를 꾸몄다. 전반부에서 악기들의 생김새와 소리를 두루 익히게 했으니, 이제 그

것들이 모여 어떤 음악을 만들어내는지 들려주자는 의도였다.

대전 공연에 이어 서울 예술의전당 무대에도 올렸던 이 기획 공연은 신선한 기획이 돋보인다는 평가와 함께 여러 차례 매스컴을 탔다. 축구 선수 차림을 한 내 사진이 다소 코믹한 분위기로 커다랗게 신문에 실리기도 했다.

'클래식 공연장의 문턱을 낮추었다' '지역 오케스트라의 활로를 모색했다'는 찬사도 많이 받았지만, 보수적인 한국 음악계에서 이러한 파격적인 지휘자의 모습에 비판이 안 따랐다면 이상한 일이다. '지휘자의 돌출 행위에 불과하다' '이런 식의 충격 요법은 정통 클래식 인구 확장에 별 도움이 안 되는 일과성 이벤트에 불과하다'는 비판의 소리도 들렸다. 나는 궁금하다. 클래식 공연 무대 위에서는 늘 모두가 예상할 수 있는 장면만이 벌어져야 하나? 흥미진진한 것, 파격적인 것은 모두 음악적 함량 부족으로 이어지는가? 그렇다면 구태의연한 레퍼토리, 기획력과 마케팅의 부재, 앉아서 감 떨어질 때만 기다리는 답답함이 '정통 클래식' 수호의 길이란 말인가?

우리는 '어느 팝 콘서트도 이보다 더 재미있을 순 없다'는 기치를 내걸고 '악기들의 올림픽'을 위해 땀을 흘렸다. '댄스, 댄스, 댄스'라는 제목을 걸고 춤곡만을 모아 엑스포 과학 공원 광장에서 댄스 파티를 열어보기도 했다. 2002년 여름 대전 시민들은 '토끼와 거북이' '퀴즈! 퀴즈! 가족 음악회' '다락방의 베토벤' 등의 기획 연주회를 통해 클래식 입문 과정을 복습했다. 2001년 여름의 내용에서 한 걸음 더 나아가 화음은 어떻게 이루어지는지, 불협화음은 어떤 소리인지, 지휘자는 오케스트라에서 무슨 역할을 하는지에 대해서도 흥미롭게 배웠다.

'다락방의 베토벤'은 대중에게서 너무나 멀리 떨어져 있는 듯이 느껴지는 베토벤이라는 작곡가를 우리 곁에 가까이 다가서게 하자는 생각에서 기획한 연주회였다. 베토벤은 독일 본 시내의 허름한 집 다락방에서 술주정뱅이 테너 가수인 아버지와 하층 계급 어머니 사이에 태어나 가난과 싸우며 숱한 불멸의 작품을 세상에 남기고 간 작곡가이다. 그다지 행복하지 않았던 그의 생애를 모르고는 그의 음악 세계에 깊이 접근하기 어렵다. 우리는 연주회 전날에 청중들이 그의 음악과 운명적 삶을 다룬 〈불멸의 연인〉이라는 영화를 볼 수 있는 기회를 마련했고, 베토벤의 사회사적 의미에 대한 강의도 열었다. 연주회에서도 베토벤 역할의 성우가 막간의 내레이션을 통해 작품에 스민 작곡가의 삶을 토로하는 형식을 취하도록 했다.

어린 시절 나에게도 다락방이 있었다. 나는 그곳에 올라가 오랜 시간 머물며 사색과 상상의 나래를 펴곤 했다. 오늘날 클래식이 설 땅이 갈수록 좁아져가고 있다고 하지만, 나는 이 대중문화 홍수 시대에 나만의 방법으로 대중에게 클래식의 다락방을 제공하고, 거기서 그들과 감동을 나누고 싶다. 말하자면 '다락방의 베토벤'은 청중과 베토벤을 그 다락방으로 초대했던 연주회인 셈이다.

'퀴즈! 퀴즈! 가족 음악회'에서는 클래식 음악을 듣고 그 곡의 작곡가와 제목을 맞추는 퀴즈 게임을 곁들여 진행했는데, 많은 사람들이 자주 들어서 익숙한 곡 위주로 프로그램을 잡았다. 예를 들어

오케스트라가 드보르작의 〈신세계로부터〉 교향곡 중 2악장 잉글리시 혼의 주제를 몇 마디 연주하고 내가 "이 곡의 작곡가와 작품 이름을 아시는 분?" 하면 객석 이곳저곳 에서 손이 올라온다. 그러면 한 명을 지적하여 대답할 기회를 주고 맞추면 준비한 상품을 전달하고 오케스트라는 다시 그 곡 전부를 연주하는 형태의 연주이다. 비발디의 〈사계〉, 모차르트의 교향곡, 브람스의 교향곡 등 다양한 곡이 포함되었다. 아주 어린 학생들이 대부분 정답을 맞혔는데, 미국 젊은이들이 클래식 음악에 도무지 관심을 안 가져서 장래 미국의 음악 시장이 어둡다고 고민들을 하는 것에 비하면 아주 고무적인 현상이라고 생각했다.

어린이 음악회인 '음악과 자연'은 당시 인기 있던 '뽀뽀뽀'의 뽀미 언니와 지휘자인 나와의 대화를 통해 작곡가들이 자연을 보고 느낀 감정을 어떻게 음악으로 표현했는지를 쉽고 재미있게 풀어나가는 프로그램이었다. 뽀미 언니와 내가 야외로 캠핑을 간 상황을 설정하여 그곳에서 자연을 보며 느끼는 일들을 대화 형태로 풀어나갔다. 나는 역시 동대문 운동장 지하상가의 단골 가게에서 보이 스카우트 옷을 구입하여 입었고, 뽀미 언니도 캠핑 복장으로 드레스 코드를 맞췄다. 에드버드 그리그의 〈아침 풍경〉과 벤자민 브리튼의 〈네 개의 바다 간주곡〉에서는 폭풍을 주로 부각시켰고, 림스키 코르사코프의 〈왕벌들의 비행〉에서는 바이올린들이 벌들의 소리를 낼 수 있는 것을 보여주었다. 베토벤의 〈전원 교향곡〉에서는 물소리와 천둥소리를 들려주었으며, 미국 작곡가인 그로페의 〈그랜드

캐년 모음곡〉에서는 기후의 변화를 느끼게 해주었다. 마지막으로 뽀미 언니와 내가 앵콜곡인 요한 스트라우스의 〈천둥과 번개 폴카〉에 맞추어 폴카 춤을 무대에서 추었는데, 어린이 청중도 무대에 초대하여 함께 어울려 놀도록 했다.

이 외에 당시 인기 있던 뽕뽕이 아저씨를 초대해 각종 동물 흉내를 내고 동물을 소개하는 연주 프로그램도 기획했다. 프로코피에프의 〈피터와 늑대〉, 앤더슨의 〈고양이의 춤〉, 그로페의 〈당나귀의 행진〉, 무소르그스키의 〈갓 나온 병아리의 춤〉 등이 소개되었다.

내가 시도한 다양한 실험들은 '음악이란 즐겁고 쉽고 신나는 것'이라는 사실을 더 많은 청중에게 확인시키기 위한 '기획 상품'이라고 할 수 있다. 청중들은 무대 위에서 연주하는 오케스트라가 자기들과 아주 가깝게 호흡하는 평범한 사람들로 구성된 그룹이라는 것을 알게 할 필요가 있다.

아무리 훌륭한 음악도 청중이 없으면 살아남을 수 없다. 무대와 객석의 간격을 좁히는 것이 내가 고국으로 돌아와 대전 시향과 6년간 일하고 부대끼며 세운 나의 최대 목표였다.

대전 시향엔 뭔가 특별한 게 있다

　　　　　　　"선생님이 대전으로 오신 이후로 요즘 하루 일 하는 분량이 이전 한 달 만큼의 일보다 많은 것 같고요, 한 달은 거의 일 년 분량하고 맞먹는 것 같습니다."

내가 대전 시향의 예술 감독으로 재직할 당시 나에게 많은 도움을 주었던 기획 담당 류청 씨가 나에게 자주 했던 말이다. 이 말이 무슨 뜻일까, 말하는 이의 의도를 곰곰이 생각하지 않을 수 없었다. 다른 오케스트라들처럼 쉽게 갈 수 있는데 아주 빡빡한 일정으로 밀어붙이는 나의 스타일을 약간 불평을 섞어 말하는 것 같기도 하고, 다른 한편으로는 내가 새롭고 도전적인 기획 거리를 많이 만들어 오케스트라단에 자극을 주고 시간을 값지게 보내도록 하고 있다는 칭찬으로도 들리는 묘한 이중성이 담겨 있었다.

2001년 대전 시향에 부임하여 2006년 12월 임기 6년을 꼭 채우고 떠날 때까지의 숨 가쁜 시간들은 나에게도 아주 소중한 기억으로 남아 있다. 부임하면서 맨 처음 한 일은 단원들과의 개인 면담을 통해 그들이 무엇을 원하는지를 파악하는 것이었다. 그들은 여러 가지 바람을 내놓았는데, 공통적인 것은 좀 더 큰 무대에서 연주를 하고 싶다는 것이었다. 그 속에는 물론 해외 연주도 포함되어 있었다. 하지만 당시 대전 시향은 창단된 지 20년이 되었지만 교향악 축제에 참가한 경우를 빼고는 자체 서울 연주조차 해보지 못했었다.

나는 우선 서울 예술의전당이 주최하는 교향악 축제 이외에 우리 스스로 기획하는 서울 연주를 추진했다. 국내에서 가장 음향 시설이 좋은 무대에서 단원들이 자신들의 연주 소리를 들어보고 자신감과 기량을 향상시키는 것이 중요하다고 생각했다.

그렇다면 무엇으로 대전 시향을 다른 오케스트라단과 차별화시킬까? 예술 감독으로서 내가 특히 심혈을 기울인 것은 우리만의 독창적인 레퍼토리 개발이었다. 한국 오케스트라의 레퍼토리는 미국 또는 유럽의 오케스트라와 비교할 때 아직 많이 뒤처져 있음을 느껴왔다. 미국이나 유럽에서는 이미 오래 전부터 말러나 스트라빈스키, 브루크너의 작품이 무대에서 종종 공연되어 왔다. 하지만 한국에서는 일부 오케스트라를 제외하고는 이런 프로그램의 연주가 아주 생소하고 이례적인 행사로 받아들여지고 있었다. 특히 현대 음악으로 넘어오면 거의 연주가 없는 것이 한국 오케스트라의 현실이었다. 청중이 워낙 없다 보니 그나마 있는 청중이라도 안전하게 확보하기 위해 대중들이 친숙하게 알고 있는 곡들만을 레퍼토리로 선정해 그런 결과가 빚어진 것이다. 그러니 혁신적이고 실험적인 연주 프로그램을 시도하는 것은 무모하고도 두려운 일이었으리라.

나는 유명한 곡이든 무명의 알려지지 않은 곡이든 좋은 작품은 언제나 청중의 귀와 가슴을 감동시킬 수 있다는 신념을 가지고 있다. 게다가 연주자가 열정을 갖고 최고의 기량을 보여주기 위해 노력하면 청중도 그것을 알아차려 충분히 공감하고 소통할 거라고 생각했다. 그래서 서울 무대 위에서 여러 현대 작곡가들의 작품을 시도하였으며 특히 대중들에게 잘 알려지지 않았던 새로운 창작곡도 많이 위촉하였다. 기존의 모차르트나 베토벤, 브람스, 슈만, 슈베르트 등 대가의 음악도 물론 소홀히 하지 않았다. 션필드, 월튼, 코플란드, 커니스, 쉔베르그 등 20세기와 21세기 작곡가들의 작품을 연주할 때 청중이 보여준 반응은 나의 예상이 역시 틀리지 않았음을 알게 하였다.

이렇듯 하루하루 빡빡한 연습과 연주 일정을 소화해가며 바쁘게 보내고 있던 어느 날, 트롬본을 연주하는 한 단원이 나를 찾아왔다.

"대전 시향에 입단하고 지금까지 별 문제 의식 없이 지내왔는데, 요즘 연주 무대에 자주 서게 되면서 제가 그동안 너무 안일하게 지냈다는 생각이 듭니다. 지휘자 선생님이 요구하는 기대치가 큰 것도 제게는 부담이 되고, 나름대로 최선을 다하고 있지만 큰 진전이 없네요. 어떻게 좋은 방법이 없을까요?"

말인즉슨 공부를 더 하고 싶다는 것이었다. 이런 고민을 하는 단원들이 의외로 많은 것을 알게 되었다. 역시 도전 거리에 부딪치면 그만큼 자신에게 치열해지는 법이다. 나는 이 현상을 아주 긍정적으로 받아들였다. 그만큼 발전에 대한 욕구가 단원들 사이에 팽배

해 있다는 뜻이었다.

그렇다고 매일 연주 생활을 해야 하는 전문 음악인들을 학교 같은 곳에 보낼 수도 없는 상황인지라 고민 끝에 우수한 선생들을 협연자로 모셔와 단원들을 지도하도록 하는 방안을 생각했다. 세계적으로 활동하고 있는 나의 동료나 친구 음악인들을 대전 시향의 솔로 협연자로 초청하였다. 바이올린, 클라리넷, 트럼펫, 트롬본, 첼로, 콘트라베이스 등 다양한 음악 연주자들이 대전 시향과 협연하기 위해 한국을 찾았고, 연습 중간 중간 틈을 내 단원들을 위해 연주 지도하는 시간도 갖도록 했다. 그들은 평소의 반도 안 되는 협연료를 받아가며 초청에 응하고, 단원들의 연습 지도를 위해 마스터 클래스까지 해주는 우정을 보여주었다.

그런 빅딜의 이면에는 물론 나의 개인적인 친분 관계가 숨어있다. 서울의 메이저 오케스트라에 비해 턱없이 작은 대전 시향의 예산 규모와 현실을 얘기하고 도와줄 것을 간곡히 부탁하면, 이들도 돈 때문에 의미 있는 연주를 포기하는 음악인은 아니기에 나의 청을 들어준다. 나 때문에 수차례 대전에 와 연주를 했던 거장 피아니스트 피터 프랭클은 "신익, 너와 연주하는 것이 좋기 때문에 오는 것이다. 그 밖의 조건은 너와 나 사이에는 그리 중요하지 않다"고 이야기하곤 했다.

이런 나의 예일 커넥션을 부정적으로 보는 시선도 있을 수 있겠지만, 예일 커넥션의 가장 큰 수혜자는 바로 대전 시민과 대전 시향이었다. 그런 개인적 친분이 없었다면 서울 메이저 오케스트라의 삼분의 일에서 오분의 일에 지나지 않는 적은 예산으로는 세계적인 협연자를 초청할 수 없었을 것이다. 대전에서 나를 예술 감독으로 쓰면서 이 모든 것을 패키지로 가져 온 것이고, 대전은 당연히 내가 가진 모든 것을 최대로 이용할 권리와 자격이 있었다.

대전 시향이 다양한 프로그램으로 서울 무대를 자주 찾자 서울의 언론들도 우리에게 관심을 갖기 시작했다. 각 일간지와 잡지에서 대전 시향을 취재하여 성공 사례로 소개하였다.

대전 시향에 부임한 지 3년째가 되던 2003년 여름, 우리 오케스트라가 한 단계 더 도약하려면 새로운 전기가 필요하다는 생각이 들었고, 그래서 다음해인 2004년에 해외 무대에서 서는 것을 목표로 잡았다. 시에는 아직 얘기를 하지 않았다. 분명 예산 문제가 큰 부담으로 다가올 터이기에 우선 최소 비용으로 최대 효과를 낼 수 있는 방법을 알아본 뒤 시에 제안을 할 생각이었다.

우선 5월 중 카네기 홀 연주가 가능한지를 알기 위해 카네기 홀 예약부의 와이스버거 씨에게 전화를 걸었다. 그와는 이전에 있었던 예일 심포니의 카네기 홀 연주 때문에 알고 있던 사이였다. 그는 5월 18일에 연주 홀을 대여해줄 수 있다고 하였다. 정식으로 대관 신청을 하고 승인을 받아야 하겠지만 홀 사용이 가능하다는 것은 실로 엄청난 선물이었다. 그 후 우리의 일정에 맞는 홀들을 백방으로 구해보니 뉴욕의 카네기 홀과 함께 시애틀의 베나로야 홀, 볼티모어의 마이어호프 홀, 필라델피아의 킴멜 센터들이 기적처럼 이틀 간격으로 사용할 수 있었다. 시애틀에 5월 11일 도착하여 12일에 연주하고, 13일에 미국 동부 볼티모어로 이동하여 14일에 마이어호프 홀에서 연주, 그리고 15일에 필라델피아로 이동하여 16일에 킴멜 센터의 버라이전 홀에서 연주한 뒤 17일 뉴욕으로 이동하여 18일 카네기 홀에서 연주를 하면 된다는 얘기였다.

허투루 버리는 시간이 하나도 없으니 최소의 비용으로 최대의 효과를 볼 수 있는 절호의 기회였다. 꽉 찬 일정을 만들어 염홍철 당시 대전 시장을 만나니 그는 카네기 홀 연주가 우리에게 가능하다는 것이 믿기지 않는지, 어떻게 홀을 잡을 수 있었느냐고 자꾸 물었다. 집무실에 클래식 음악을 항상 틀어놓을 정도로 음악 애호가이기도 한 염 시장은 이런 장소 대관이 쉽게 되지 않는다는 것을 누구보다 잘 알고 있었다.

미국도 담당자를 잘 알면 일이 훨씬 수월하게 이루어진다. 와이스버거 씨가 마침 나와 일 관계로 전부터 아는 사이였기에 따로 복잡한 심사 과정을 거칠 필요가 없었다. 이것 또한 예일 커넥션이라 할 수 있다. 시장이 흔쾌히 결정해주니 일은 일사천리로 진행되었고, 다른 홀들도 심사를 끝내고 우리에게 연주 장소를 대관해주기로 결재가 났다.

뉴욕 필하모닉, 베를린 필하모닉 등이 외국 순회 연주를 할 때면 그 일을 담당하는 매니지먼트 회사가 제반 일을 맡아 홍보, 티켓 판매, 청중 확보 등을 하고 연주자들은 연주에만 몰두하면 된다. 그러나 대전 시향의 미국 연주는 초청 형식이 아닌 우리 스스로 만든 행사이기에 현지 매니지먼트 회사를 고용해야 했다. 비용이 만만치 않아 아예 생각을 접고 평소 함께 일하던 브라이언 로빈슨이라는 젊은 작곡가에게 이 일의 진행을 부탁했다. 물론 용돈 정도만 주는 조건이었다.

그에게만 맡길 수 없어 나도 직접 발로 뛰었다. 미국 순회 연주 일정이 확정된 후 나는 우선 청중 확보를 위해 평소 내가 하는 뉴욕의 연주를 후원해 주었던 미주 한국일보의 지사장을 찾아갔다. 대전 시향의 미주 연주 공식 미디어 스폰서를 제의한 것이다. 우리가 연주할 미국 도시마다 한국일보 지사가 있기에 그 신문에 기사와 광고를 계속 실어주면 한국 청중은 확보되는 셈이다. 당연히 광고

비를 지급할 돈이 없으니 대신 표를 한국일보에 제공하겠다고 했다. 그리고 미국 현지 언론에는 홍보 자료를 배부하고 광고비용이 비교적 싼 주간지 등에 광고를 실었다. 한편 클래식 라디오 방송을 집중 공략하여 음악 팬들을 확보하는 작전으로 나갔다. 모든 표를 한국일보와 연주 홀에서 맡아 판매하도록 했는데, 볼티모어 한국일보는 이미 1000석 이상 표를 판매했다는 낭보가 들려오기도 했다.

해외 순회 연주를 위해서는 충분한 예산 확보가 우선이지만, 예산 문제만 따지다가는 영영 기회를 잡지 못할 수도 있다. 필요하면 직접 발로 뛰고 지혜를 모아야 한다.

한국의 대전이라는 도시를 아는 사람은 드물지만 차이코프스키 교향곡 제5번, 부르흐의 바이올린 협주곡은 웬만한 사람이면 다 안다. 클래식 음악을 좋아하는 사람이면 누구나 즐길 수 있는 프로그램으로 구성하였다. 작곡가 조상욱 씨의 창작곡 〈옛날 옛적에〉를 첫 곡에 배치, 한국적인 분위기를 살리도록 했고, 협연자로는 바이올리니스트 강동석 씨를 초빙하기로 했다.

드디어 미국의 시애틀에서 첫 연주가 이루어지던 날, 첫 곡을 지휘하기 위해 무대에 올라 단원들을 바라보았다. 세계무대에 섰다는 게 믿기지 않는지 긴장과 흥분이 뒤범벅된 얼굴들이었다. 흥분되기

는 나 역시 마찬가지였다. 많은 세계적인 오케스트라단과 무대에 선 경험이 있지만 그 어느 때보다 감회가 새로웠다.

처음 대전 시향에 부임하여 곧 철거될 시청 건물의 회의실을 연습실로 쓰며 연주하던 모습, 여름이면 낡은 에어컨 소리가 음악 소리보다 더 크게 들리곤 하던 열악한 음향 시설을 갖춘 연주 홀에서, 그것도 대부분 학교 등에서 동원된 무료 청중들을 상대로 공연을 하던 모습이 주마등처럼 스쳐갔다. 창단 20년이 넘도록 서울 무대조차 단독으로 서 본 적이 없던 대전 시향이 이제 해외 순회 연주의 첫 장을 여는 순간이었다. 일을 추진하면서도 청중이 얼마나 오겠

나 하고 반신반의했는데, 어디에서들 왔는지 그 많은 객석이 꽉 차 있었다.

'참 감사합니다. 기적 같은 일을 우리가 해내고 있습니다. 누군 가의 보이지 않는 손이 우리를 크게 돕고 있습니다.' 마음속으로 기 도를 하고 지휘봉을 움직이기 시작했다. 단원들의 얼굴은 모두 상 기되어 불그레한 색깔을 띠고 있었다.

"오케스트라의 음색이 풍부하고 따뜻하며 생기 있다."

그날의 공연 다음날, 시애틀의 한 신문에 실린 대전 시향의 공연 에 대한 평이었다. 뉴욕 카네기 홀 공연 후에는 세계적인 신문인 파 이낸셜 타임스로부터 "진한 감동이 있는, 거대하면서도 웅장한 연 주"라는 극찬을 받았다.

이런 변화와 발전을 통해 우리는 한국에서도 실력 있는 오케스트 라로 인정받기 시작했고, 서울 무대에서도 우리의 연주를 찾아오는 고정 청중이 많아져 표가 매진되는 경우도 있었다.

2005년 어느 봄날, 일본 오케스트라 연맹 총재와 사무국장이 대 전 시향 연습실을 방문, 참관할 수 있겠느냐는 연락이 왔다. 독도 문제로 한일 양국 간의 감정이 악화 일로를 걷고 있을 당시였다. 그 해 10월 동경과 오사카에서 열릴 아시아 오케스트라 축제에 초대 를 받았던 한국의 KBS 교향악단은 때마침 터진 외교 갈등을 이유 로 불참 통보를 보낸 상태였다. 난감해진 주최 측은 이리저리 수소 문한 결과 대전 시향이 한국을 대표할 만한 오케스트라라고 판단, 일종의 사전 심사를 하러 오는 것이었다.

연습 참관 후 그들은 우리를 정중히 축제에 초대했다. 모든 비용은 물론 일본 측에서 부담하고, 레퍼토리도 축제의 가장 하이라이트인 말러의 교향곡 1번을 우리에게 요청하였다. 이렇게 해서 우리는 도쿄 오페라 시티 홀과 오사카 심포니 홀에서도 성공적인 연주를 선보였다. 연주가 시작되기 전 모든 청중이 미리 좌석에 자리 잡고 앉아 조용히 프로그램을 읽고, 연주 후에도 자리를 뜨는 사람이 한 명도 없이 오랫동안 박수를 치며 연주자에게 호응을 보내는 일본 청중들의 모습은 신선한 충격이었다. 연주회가 모두 끝난 후 중년 신사들이 사인을 받으러 무대 뒤로 몰려오는 것도 이채로웠다.

일본 관객들의 관람 문화는 영화관에서도 인상 깊었다. 한국에서는 영화가 끝나면 제작진의 이름들이 자막으로 올라오기 전에 대부분 극장 안의 불이 켜지고 사람들은 서둘러 자리를 뜬다. 그런데 일본에서는 마지막 자막까지 다 올라간 후 최후에 'DOLBY SYSTEM'이라는 글자까지 사라지도록 아무도 자리를 뜨지 않으며 화면을 지켜본다. 그 모습은 마치 그 영화를 만든 사람들의 노고를 끝까지 음미하고 인정하려는 것처럼 보였다.

우리가 서울과 해외 연주를 자주 추진했다고 해서 대전 시민들과의 교류를 등한시한 것은 물론 아니다. 시민들의 일상 속에 편안하게 다가가기 위해 일명 '찾아가는 음악회' 프로그램을 지속적으로 개발했다. 점심시간을 이용해 대덕에 있는 연구 단지나 대전 시내의 직장에 30명 이내로 구성된 소규모 오케스트라가 직접 찾아가 짧은 연주회를 여는 것도 그중의 하나였다.

이런 노력이 결실을 맺어 대전 시내에서도 유료 관객들이 점점 늘었다. 스태프들은 더 이상 공연 중에 잡담을 하거나 전화 통화를 하는 사람들을 쫓아다니며 질서를 지켜달라고 호소하지 않아도 되었다.

6년간 대전 시향의 예술 감독으로서 일하면서 가장 큰 보람이 무엇이었냐고 물어보면 나는 한국에서 관람 수준이 가장 높은 청중을 확보한 것이라고 할 것이다. 차이코프스키 피아노 협주곡 제1번은 세 악장으로 구성되어 있는데, 서울에서나 뉴욕에서도 첫 번째 악장의 화려한 마지막 코드 다음에는 청중들의 박수소리가 반드시 터져 나오게 되어있는 곡이다. 그러나 대전은 몇 년 동안 지속되어온 청중들의 음악 감상 관록으로 인해 나중에는 누군가 공연 도중 자리를 뜨거나, 휴대전화 벨 소리가 터지거나, 작은 박수소리가 필요 없는 곳에서 터지거나 하는 일이 생기지 않았다. 문화의 불모지라는 오명을 떨치고 이제는 막강한 문화 인구의 파워가 저절로 느껴지는 지역으로 탈바꿈한 것이다.

"남은 예산을 억지로 쓰기 위해 멀쩡한 보도블록을 교체할 필요 없습니다. 그 돈이면 훌륭한 오케스트라 하나 키울 수 있습니다."

염홍철 시장이 즐겨 사용했던 어록 중 하나다. 이 말은 사실 내가 그와의 식사 자리에서 이전에 했던 말이다.

힘도 들었지만 또 그만큼 보람도 있었던 나의 대전 시향 시절은 지금도 내게 가끔 따뜻한 추억을 떠올리게 한다. 그 중에는 잊을 수 없는 선물에 대한 기억도 있다.

캐나다로 이민을 떠나게 된 한 바이올린 연주 단원이 마지막 연주를 마치고 지휘자 대기실로 나를 찾아왔다. 얼굴을 붉히며 머뭇거리던 그녀는 조그마한 상자를 내게 건네고는 황급히 나갔다. 상자를 열어보니 양복 윗주머니에 넣을 수 있는 새하얀 수건(행커치프)과 편지가 들어있었다. 편지에는 이렇게 적혀있었다.

선생님, 저는 아주 어려서부터 바이올린을 배웠고 지금까지 오랜 세월을 바이올린과 함께 지내왔지만, 연주를 하면서도 깊은 감동을 느껴본 적은 없습니다. 열심히 하여 좋은 대학에도 들어가고 또 어렵게 대전 시향에도 들어왔지만 제게는 공허함이 많았습니다. 그러나 선생님과 음악을 함께한 이후로 저의 음악 인생이 달라졌습니다. 연주가 끝난 후 집으로 돌아가는 차 안에서 우리가 연주했던 음악 테이프를 듣곤 했습니다. 그동안 미처 몰랐던 음악에 대한 감동으로 눈물도 여러 번 흘렸습니다. 새로운 음악의 세계에 눈 뜨게 해주신 선생님께 깊은 감사를 드립니다.

어떤 선물보다 값진 그 손수건을 나는 지금도 애용하고 있다.

음악계의 붉은악마, 높은음자리표

경제학 용어 중에 '20대 80의 법칙'이라는 게 있다. "전체 결과의 80퍼센트는 전체 원인 중 20퍼센트에서 비롯됐다"는 법칙인데, 20퍼센트의 소비자가 전체 매출의 80퍼센트를 차지하는 경향, 국민의 20퍼센트가 전체 부(富)의 80퍼센트를 차지하는 경향, 직장에서 20퍼센트의 근로자가 80퍼센트의 일을 하는 경향 등이 그것이다.

일본의 한 교수는 개미의 집단생활 속에서 이 법칙에 관한 재미있는 현상을 발견하여 사람들의 흥미를 끈 적이 있다.

우리는 열심히 일하는 사람들을 보고 흔히 '개미처럼 일한다'고 표현한다. 그만큼 개미는 집단생활 속에서 서로 협동하며 아주 열심히 일하는 존재로 알려져 있다. 그러나 그 교수의 관찰에 따르면 놀랍게도 개미의 집단에도 '20대 80의 법칙'이 존재한다. 일개미의 대부분은 빈둥빈둥 노는 개미들이고 열심히 일하는 개미는 전체의 20퍼센트에 지나지 않는 것이다. 그 20퍼센트의 개미가 전체를 먹여 살리는 셈이다. 그런데 열심히 일하는 20퍼센트의 개미들만 모아서 다시 새로운 집단을 만들면 다시 그 중에서 80퍼센트는 놀고

20퍼센트만 일하게 된다고 한다.

혹자는 20대 80은 경제 현상에만 국한되는 게 아니라 우리의 일상에까지 적용되고 있는 황금비율이라고도 이야기한다.

즉, 백화점 매상의 80퍼센트는 상위 20퍼센트의 손님이 올려준다. 은행 예금의 80퍼센트는 상위 20퍼센트의 고객들이 예금한다. 걸려오는 전화의 80퍼센트는 항상 전화를 거는 20퍼센트가 하는 것이다. 자주 쓰는 한자나 영어의 80퍼센트는 20퍼센트의 단어가 차지한다. 학교 시험 문제의 80퍼센트는 전체 시험 범위의 20퍼센트에서 출제된다. 대학 교수들은 리포트의 20퍼센트만 읽어도 80퍼센트를 이해할 수 있다…….

조직에도 이런 20퍼센트의 열혈 구성원이 필요하다. 2002년 월드컵 당시 전 세계인에게 경이로운 구경거리를 선사한 한국의 붉은악마들을 생각해보라. 수십만 명이 한꺼번에 거리로 몰려나와 일사불란하게 응원을 펼치는 모습은 지금도 잊을 수 없는 추억이요, 우리 축구 역사에 길이 남을 장관이다.

지금이야 붉은 옷을 입고 한국 축구팀을 응원하는 사람은 모두 붉은악마라고 통칭하지만, 사실 붉은악마는 PC통신 동호회에서 출발한 작은 조직이다. 축구 문화를 개발하고 저변 인구를 확대한다는 순수한 의도를 가지고 1995년 처음 결성되었는데, 당시에는 회원 숫자가 200명도 채 되지 않았다고 한다. 비록 숫자는 적었지만 열정만은 대단하여 그중 40~50여 명 정도가 경기장을 직접 찾아다니며 응원을 하였고, 그들 중 또 일부는 자비로 비행기표 값을 대가며 해외 원정 응원까지 펼쳤다.

이렇듯 열성 회원들의 활동과 홍보에 힘입어 조직은 점점 커졌고, 조직이 커질수록 더 많은 수의 20퍼센트들이 비례해서 늘어났을 것이다. 2002년에는 12만 명에 달하는 회원이 가입하였고 2006년에는 홈페이지 가입자 수가 약 30만 명까지 늘어났으며 활동 중인 회원 수는 7만 명에 이른다.

나는 우리의 클래식 음악도 '20퍼센트의 핵심 고객'을 확보하는 것이 중요하다고 생각한다. 대전 시향에서 일하면서 주안점을 둔 것도 열혈 음악 애호가를 끌어들이는 것이었다.

대전에서 몇 번의 연주회를 거치면서 자연스럽게 지역 사회의 음악 팬들을 알게 되었다. 그들은 연주가 끝난 후 로비에서 마주치면 연주회에 관한 느낌을 이야기하곤 했는데, 어떤 이는 무대 뒤까지 직접 찾아와 우리 연주에 대한 여러 가지 조언과 비평을 해주었다.

연주회를 거듭할수록 이런 사람들이 하나 둘 늘어갔는데, 나는 아예 그들과 연주장 밖에서도 지속적으로 만나기 위해 2001년 가을에 대전 시향 공식 후원회를 만들었다. 의사, 연구원부터 벤처사업가, 회사원, 주부, 학생에 이르기까지 음악을 사랑하고 대전 시향을 아끼는 사람이라면 누구나 동참할 수 있도록 문을 열어두었다.

공식 명칭을 무엇으로 할까 의견을 모으는데, 누군가가 '대전 시향을 사랑하는 사람들의 모임'을 줄여 '대사모'로 하면 어떻겠느냐는 의견을 냈다. 이런 식으로 이름을 붙이는 것이 한창 유행이던 시절이었다. 나는 그런 흔한 이름보다는 음악 동호인의 정체성을 드러내는 좀 더 독특한 이름이 좋겠다고 생각했다. 한국 오케스트라 역사상 최초로 생기는 후원회 모임이고, 많은 사람들이 대전 시향의 발전을 바라는 높은 뜻을 가지고 모였으니 그것을 계속 이어가자는 취지에서 '높은음자리표'가 어떻겠느냐고 제안했더니 회원들 모두 기쁘게 이 명칭을 받아들였다.

연주회에 앞서 전날 저녁에 항상 '작은 음악회'를 열었다. 이곳에 '높은음자리표' 회원들을 초대하여 지휘자와 협연자, 각 연주를 담당한 단원들에 대해 설명하고 연주할 곡목에 대해서도 맛보기 정보를 주었다. 회원들끼리 친목을 도모하는 다과 시간도 가졌다. 이런 작은 모임이 연주장의 분위기를 훨씬 가족적인 분위기로 만들고, 연주를 하는 사람도 듣는 사람도 최상의 조건에서 음악회를 즐기도록 이끌었음은 물론이다.

'작은 음악회'는 한 달에 한 번 정도 있었는데, 모임 장소도 회원들이 돌아가며 제공해주었다. 첫 모임은 장인순 원자력 연구소 소장의 배려로 원자력 연구소에서 열렸다. 벽난로에 장작을 태워 낭만적인 분위기가 물씬 풍겼는데, 클래식 음악 애호가인 장 원장이 모임 장소에 그랜드 피아노도 들여놔 주어 우리를 감동시켰다. 표준 과학 연구원의 김세경 소장은 호수가 있는 뜰에서 바비큐 파티를 열고 우리 회원과 대전 시향 단원, 그리고 그 가족까지 초청하여 즐거운 시간을 갖게 했다. 임내규 특허청장은 정부 종합 청사에도 초청하여 직원들을 위한 가족 음악회를 열도록 주선하였다. 어느 회원은 대전 교외에 있는 자택에 회원들을 초청하여 직접 농사지은 유기농 야채로 맛있는 비빔밥을 만들어주기도 했다.

무대 위에서만 보았던 지휘자와 연주자들을 가까운 거리에서 직접 대면하여 무릎을 맞대고 함께 차를 마시며 음악에 대해 얘기하는 동안 서로는 '음악회 친구'가 되고 연주회 또한 더욱 신나는 구경거리가 되는 것이다.

처음에 30명으로 시작했던 '높은음자리표' 회원은 200명으로 늘어났고, 이들은 대전 시향이 가는 곳이면 어디든 함께 따라와 자리를 메워주고 우리의 연주에 환호와 박수를 보내는 든든한 응원군이 되었다. 말 그대로 '대전 시향의 붉은악마' 역할을 자청하고 나선 것이다. 이들은 나중에는 아예 발 벗고 나서 재정적인 후원도 아끼지 않았는데, 특히 미주 순회 연주 시에는 많은 사람들이 자발적으로 참여하여 후원 기금을 마련해주기도 했다.

대전 시향의 든든한 버팀목이자 음악적 엔도르핀이 되어준 '높은음자리표'. 그들의 우정을 나는 지금도 잊지 못한다.

나의 한국 활동을 관심 있게 지켜보고 후원해주는 함신익 후원회가 2007년에 생겨났다. 'F#'이라는 이름인데, 'upgraded friendship'이라는 의미를 가지고 있다. 서울과 대전을 비롯해 전국에 걸쳐 나의 음악을 사랑해주는 사람들이 자발적으로 모여 만든 모임인데, 한국에서 연주회가 열릴 때면 먼 길을 마다하지 않고 전국 어디서라도 달려와 반갑게 음악을 들어주고, 간혹 해외 출장차 왔다며 외국에서 열리는 연주회에도 참석하는 일이 있다. 이들 중에는 높은음자리표 출신들도 꽤 있다. 귀하고 아름다운 인연들이다.

중국에서 통한 함신익 리더십

2007년 5월에 두 주에 걸쳐 중국을 방문한 적이 있다. 객원 지휘를 위해서였는데, 첫 주에는 광저우 심포니와, 둘째 주에는 베이징의 차이나 필하모닉과 호흡을 맞췄다.

객원 지휘를 하기 위해 오케스트라와 처음 만나면 서로 탐색전을 벌이는 듯한 서먹함에서부터 먼저 주도권을 잡으려는 기 싸움까지 다양한 공기가 연습실을 떠돈다.

한 지인은 말하기를 중국 사람들은 성과 담을 쌓는 것을 좋아한다고 하였다. 만리장성이나 자금성처럼 말이다. 그들은 쌓아놓은 담 안에서는 모든 것을 터놓고 허물없이 지내지만 그 전에는 경계하고 낯설어한다고 하였다. 주어진 시간은 일주일인데 내가 그들의 담 안으로 들어갈 수 있을까, 그들과 함께 아름다운 화음을 만들어 낼 수 있을 것인가. 중국 여행을 준비하면서 호기심과 기대, 걱정하는 마음이 복잡하게 섞였다.

내가 만나게 될 오케스트라를 미리 공부해두기 위해 2006년과 2007년의 시즌 브로슈어를 보니 샤를르 뒤트와, 무티, 발레리 기르기예프, 펜데레츠키 등 세계 특급 지휘자들이 객원 지휘자 리스트에 올라있었다. 중국 오케스트라들의 예산 규모를 짐작할 수 있는 대목이었다. 협연자들도 미국이나 유럽의 메이저 오케스트라와 견주어 전혀 손색이 없는, 몸값이 가장 비싼 연주자들을 초청하고 있었다. 한국의 오케스트라에서는 상상할 수 없는 규모였다.

특히 베이징 차이나 필하모닉은 이미 유명 음반사인 도이치 그래머폰과 음반도 두 장 만들었는데 들어보니 독일풍의 사운드와 분위기로 훌륭한 연주를 하였다. 일본의 오케스트라는 오래 전부터 한국의 모델이 되어왔는데, 모르는 사이에 중국도 엄청난 속도로 한국을 앞지르고 있었다.

5월 2일 광저우 심포니를 처음 만났을 때 받은 느낌은 단원들이 오케스트라 연주자로서 가지고 있는 자부심이 대단하다는 것이었다. 그들의 연봉은 그곳 기준으로 중상급 이상의 생활을 할 수 있을 정도로 높고 연주 단원으로서의 활동만으로도 가족을 부양할 수 있는 안정된 직업이기에 우리나라 오케스트라 단원들이 갖고 있는 직업의식과는 아주 달라 보였다.

광저우 주정부에서는 예술인마을을 따로 두어 단원들에게 주택과 연습실, 차량 등 각종 편의 시설을 제공하였다. 우리가 생각했던 그런 사회주의와는 거리가 멀었고, 문화 정책이나 사회보장 면에서 긴 안목을 가지고 투자를 하는 것을 보니 부럽다는 생각이 들 정도였다.

사람들은 따뜻하고 순박했으며, 단원들의 협조로 연주는 흡족하게 잘 끝났다. 드뷔시의 교향시 〈바다〉와 리스트의 피아노 협주곡 제1번, 레스피기의 〈로마의 소나무〉 등을 연주했는데, 협연자는 로린 마젤과 샤를르 뒤트 등이 후원하는 20세의 중국인 피아니스트 왕 유자였다. 그녀는 기존의 시각을 뛰어넘는 새롭고 참신한 곡 해석 능력을 보여주었다. 특히 리스트의 피아노 협주곡 제1번은 내가 그리 선호하지 않던 곡이었으나 그녀 덕분에 새롭게 접근하는 계기가 되어 좋았다.

숙소는 주강(珠江)을 마주보고 있는 백조 호텔이라는 곳이었다. 강 모습이 진주와 같다고 해서 지어진 이름이라고 하였다. 아침에 강가를 조깅하면서 보니 놀랍게도 많은 노인들이 그 강에서 수영을 하고 있었다. 물론 인명 구조 요원은 없었다. 한편 공원에서는 많은 시민들이 각종 체조와 쿵푸를 하고 있었다. 곳곳에 어린이 놀이기구가 아닌 헬스기구들, 특히 몸의 유연성을 기르는 시설들이 많이 보이는 게 인상적이었다.

5월 8일에는 베이징의 차이나 필하모닉과 첫 만남을 가졌는데, 이곳 분위기는 광저우와 전혀 달랐다. 광저우 사람들이 친근하다면 이곳 사람들은 차가운 인상을 주었다. 누구도 남의 일에 관여하지 않는 게, 한국의 오케스트라 분위기와 비슷하였다. 광저우에서 심포니 관계자들이 시간만 나면 이곳저곳 식당으로 끌고 다니면서 음식을 먹였던 것과 달리 이곳의 오케스트라 매니지먼트는 자기 할 일 이외에는 손님을 조용히 놔두는 방식이었다.

첫 연습 때 받은 느낌은 차이나 필하모닉의 기가 아주 대륙적이

차이나 필하모닉은 기가 아주 대륙적이고 중압적이며 약간은 도도하기까지 하다는 느낌이 들었다. 첫 연습 때 중국 제일의 오케스트라라는 자부심과 한국인 지휘자에게 끌려가고 싶지 않은 고집이 은연중에 감지됐다.

고 중압적이며 약간은 도도하기까지 하다는 것이었다. 중국 제일의 오케스트라라는 자부심과 한국인 지휘자에게 끌려가고 싶지 않은 고집이 은연중에 감지됐다. 예를 들어 제1바슨을 맡은 연주자에게 "제1바슨, 356마디의 음색을 클라리넷에게 맞추어주세요" 하고 지시하면 슬쩍 옆에 앉은 클라리넷을 보며 쓰윽 웃는다. 마치 "그것은 내가 알아서 할 일이니 개의치 마라"는 제스처처럼 보인다. 그리고 연습 중인데도 일부러 연습실 뒤에 있는 물 마시는 곳에 갔다 온다. 어떤 경우에는 제2트럼펫이 연습에 없는 경우도 있었다.

연습 중간에 휴식시간이 15분 있는데 미국의 오케스트라들은 누구의 지시가 없어도 정확하게 그 시간을 지킨다. 휴식시간을 이용해 지휘자 대기실에 있다가 14분쯤 휴식을 하고 연습실로 올라가려 하는데 연습실 밖에 있는 사람들은 아무도 연습실로 들어오려는 기색이 없었다. 내가 연습실에 올라가 지휘대에 앉아있어도 따라 들어오는 사람은 한둘뿐이다. 결과적으로는 15분 휴식이 아닌 거의 25분 휴식이 되어버린 셈이다.

베이징에서의 첫 연습 후 입안에 종기가 나기 시작했다. 그만큼 스트레스가 있었다는 것이다. 서로의 마음이 열려야 음악도 통할 수 있는데, 이 어려움을 어떻게 극복해야 하나. 마음이 초조해졌다.

이튿날부터 나는 단원들과 함께 점심을 먹기 시작했다. 점심으로 배달된 도시락을 들고 단원들 속에 어울려 앉으니 그들이 의아한 표정을 지었다. 그들이 이제껏 본 지휘자들은 권위적인 데가 있어 지휘자 사무실에서 따로 점심을 먹었는데, 내가 다른 모습을 보이니 신기했던 것이다. 오케스트라 매니저는 아예 카메라를 들고 와 내가 단원들과 이야기 나누며 점심 먹는 모습을 찍었다.

밥을 먹으며 격의 없이 이야기를 나누다 보니 이들이 의외로 한국에 관심이 많다는 것을 알게 되었다. 〈대장금〉 등 한류 드라마 때문인지 한국어 자음 모음을 배우는 사람도 있었고, '안녕하세요' '사랑해'부터 '나쁜 놈'까지 한국의 일상어를 할 줄 아는 사람들도 꽤 있었다. 조선족 출신의 단원도 두 명이나 있었다. 중국에서 오케스트라 단원 되기는 하늘의 별 따기 만큼이나 어려운데, 한민족의 문화적 우수성은 어딜 가나 빛을 발하는 모양이었다.

점심을 함께 먹으며 마음의 벽이 어느 정도 허물어지는 것을 경험한 나는 아예 연습 중간 휴식시간에도 지휘자 대기실을 나와 단원들과 자판기에서 음료수를 뽑아 먹으며 함께 대화를 나누기 시작했다. 단원들 중에는 의외로 영어와 독어를 하는 이들이 많았다. 그곳에 유학을 다녀온 사람들이 많은 것이다.

특이하게도 차이나 필하모닉의 악장인 윤 첸은 오래전에 북한으로 음악 유학을 다녀왔다고 하였다. 당시 평양에 러시아풍의 정통 교수법을 전수한 북한 교수가 있었다는데, 알고 보니 북한에서 '바이올린 영웅' 칭호를 받고 제1회 차이코프스키 콩쿠르에서 입상을 한 백고산(1930~1997)이라는 분이었다.

한 단원이 윤 첸이 한국말도 곧잘 한다고 내게 귀띔을 해주어 세 번째 날은 한국어로 연습을 진행하며 그에게 통역을 부탁했다. 이전에 영어로 하고 통역을 했던 것보다 오히려 반응이 좋았다. 한국이 아닌 외국에서 한국말로 연습을 하기는 처음이었다.

"내일은 우리 축구 한판 할까요?"

연습 도중 내가 제안을 하였다.

"내일 오후엔 우리 연습 대신 축구를 합시다. 우리 오케스트라하고 베이징에 있는 다른 오케스트라하고 시합을 하도록 주선해 보시지요."

그들이 말하기를 중국 국립오케스트라와 해마다 한 번씩 경기를 하는데 번번이 졌다고 하였다.

"그래요? 그럼 내일 국립오케스트라와 축구 합시다."

갑자기 오케스트라 단원들이 표정이 밝아지며 들뜬 분위기가 되었다. 우선 내일 오후 연습이 없으니 즐겁고, 소위 마에스트로라는 사람이 자기들과 축구를 한다는 게 생각만 해도 신기했던 모양이다. 내일은 내 덕택에 한번 이겨보자며 입을 모은다.

다음날 오전 연습을 마치고 전날과 마찬가지로 도시락을 함께 들고 베이징의 한 의과 대학 운동장에서 내가 속한 차이나 필하모닉과 오랜 라이벌인 중국 국립오케스트라 간의 축구 경기가 벌어졌다. 우리 팀이 4대 2로 승리를 거두었다. 그중 두 골은 내가 넣은 것이다.

다음날 우리는 오랜 동료를 만난 듯 서로 즐거워하며 전날 있었던 모처럼의 승리를 화제 삼아 이야기 했고, 게시판에는 어제의 승리를 공시하는 축하 글이 붙어있었다.

마지막 날 연주는 연습 때 보여주지 않았던 면까지 보여주는 최상의 연주였고, 단원들은 내게 기립박수를 치며 열광적 환호를 보여주었다.

만리장성처럼 길고 견고하여 무너질 것 같지 않던 차이나 필하모닉과 나와의 벽은 이렇게 무너졌다.

맹장이냐 덕장이냐

오케스트라에서 지휘자가 맡은 일은 연주자 개개인의 연주를 리드하여 그들의 능력을 극대화 하고 이를 통솔하여 전체적으로 조화로운 화음을 만들어내는 것이다. 본의 아니게 지휘를 하는 사람과 지휘를 받는 사람으로 입장이 나뉘다 보니, 때로 지휘자는 연주자들이 무의식적으로 위축감과 거리감을 느끼는 존재가 된다. 같이 무대 위에 서 있지만 소리를 전혀 내지 않는 유일한 존재, 같은 배에 타고는 있지만 이해관계는 전혀 다른 그런 존재가 될 수 있는 것이다.

그래서 단원들은 연습 중간의 휴식 시간이나 연습 후의 식사 시간에 심심풀이 삼아 지휘자를 공통 화제로 올리곤 한다. 연주자들이 공공의 적으로 부담 없이 화제에 올릴 수 있는 존재가 바로 지휘자다. 그래서 가급적이면 연습 후 단원들이 사용하는 화장실을 같이 쓰지 않게 오케스트라들은 지휘자 사무실에 따로 화장실을 두고 있다. 단원들이 마음대로 지휘자 흉을 볼 수 있도록 놔두어야 하기 때문이다. 안타깝게도 대전 시향에서 있던 6년간 나는 단원들과 좁은 남자 화장실을 함께 사용했는데, 항상 들어갈 때마다 어색하고 미안한 마음이 많았다.

갈등의 요소는 크고 작은 곳에 산재한다. 가장 흔한 것은 연습 도중 실수를 지적하는 과정에서 생기는 오해다. 예를 들어 내가 연습 중에 "제2오보에, 음정을 바순에게 맞추어 주시겠습니까?"라고 말하면, 내 말투가 아무리 정중해도 받아들이는 입장에서는 "저 지휘자가 나를 싫어하는구나. 단원 평가에서 내게 낮은 점수를 줄 게 틀림없어" 하고 의기소침해지기 쉽다.

지휘자와 연주 단원의 이해관계는 때로 음악 프로그램을 짜고 곡목을 선정할 때도 부딪힌다. 예를 들어 지휘자가 메르세데스 벤츠 미주 생산 공장에 찾아가 연주회 후원을 요청한다고 하자. 지휘자 입장에서는 이 비즈니스를 성사시키기 위해 상대편이 좋아할 만한 음악, 즉 독일인들이 우상으로 꼽는 베토벤의 교향곡 제9번 〈합창 교향곡〉과 피아노 협주곡 제5번 〈황제〉로 프로그램을 꾸며 보겠다고 제안할 것이다.

어떤 음악인도 베토벤의 교향곡을 마다할 리 없지만 때에 따라서는 오케스트라 연주자들은 자신들이 흥미 있어 하는 음악, 또는 자신들의 연주가 돋보일 수 있는 음악을 하고 싶어 한다. 당연한 일이다. 그래서 트럼펫 주자는 말러의 교향곡 5번을 하는 것을 평생소원으로 할 것이다. 이 교향곡의 시작 부분에 유명한 트럼펫 솔로가 있기 때문이다. 드뷔시의 〈목신의 오후〉를 연주 프로그램에 넣는다면 플루트 주자를 가장 행복하게 하는 선물이 될 것이다. 클라리넷 주자는 코다이의 〈갈란타 춤곡〉에 나오는 클라리넷 솔로를 통해 본인의 현란한 테크닉을 펼쳐 보이고 싶을 것이다.

이렇듯 이해관계도 취향도 각기 다른 연주단원들을 데리고 원하는 화음을 이끌어내기 위해 지휘자는 나름의 리더십을 고민해야 한다.

2007년 여름 시카고 심포니에 들러 오래 전 함께 연주 활동을 했던 단원들을 만난 적이 있다. 이들과 이런 저런 이야기를 나누던 중 70세에 가까운 바이올린 연주자에게 물었다.

"지금까지 오케스트라 단원 생활을 하면서 어떤 지휘자가 가장 기억에 남습니까?"

그 노장 연주자가 말했다.

"40년 가까이 이 오케스트라에서 연주를 하면서 수많은 지휘자를 만났지요. 상임 지휘자에 객원 지휘자까지 합치면 수백 명은 될 거요. 맹장 스타일의 지휘자도 만났고, 지장과 덕장 스타일도 만났지만, 중요한 건 그 사람의 성향이 아니라 진정성이었어요. 음악적으로 정직하고 열정이 묻어나는 그런 지휘자를 만나면 가슴이 뛰었소."

맹장 스타일의 지휘자 하면 이탈리아의 아르투로 토스카니니가 가장 먼저 떠오른다. 그는 단원들에게 거의 폭군처럼 군림하는 다혈질의 지휘자였다. 리허설 도중 단원의 연주가 맘에 들지 않거나 음악이 제대로 진행되지 않으면 지휘봉을 꺾어버렸다. 화가 나면 거의 발작을 일으키듯 폭발하는데, 얼마나 무시무시한지 '베수비

지휘를 하는 사람과 지휘를 받는 사람으로 입장이 나뉘다 보니, 때로 지휘자는 연주자들이 거리감을 느끼는 존재가 된다. 같이 무대 위에 서 있지만 소리를 전혀 내지 않는 유일한 존재, 같은 배에 타고는 있지만 이해관계는 전혀 다른 그런 존재가 될 수 있는 것이다.

오 화산'에 종종 비유되곤 했다.

토스카니니가 이끌던 미국의 NBC 심포니 단원들은 그를 두려워했다. 하지만 그 화가 음악에 대한 순수한 열정에서 비롯된 것을 알기에 동시에 지휘자를 숭배하고 사랑했다. 그래서 토스카니니가 1957년에 세상을 떠나자 그 악단은 일 년간 지휘자 없이 추모 연주를 한 뒤에 스스로 해산했다. 그들의 지휘자와 운명을 함께한 것이다. 단원들로서는 지휘자에게 바칠 수 있는 최고의 경의와 존경을 표한 것이다.

토스카니니는 "아름다움의 극치는 정확함에 있다"고 믿는 사람이었다. 결벽에 가까운 그의 치밀함과 지나칠 정도의 깐깐함은 오케스트라 단원들도 힘들게 했지만 자신에게는 더욱 뼈를 깎는 고통이었다. 독재자인 그가 그토록 깊은 사랑을 받을 수 있었던 것은 그가 최고의 경지를 위해 자신을 헌신했음을 단원들이 알고 있었기 때문이다.

한 단원은 토스카니니의 지휘에 대해 이렇게 회고했다. "그의 지휘는 연주자들의 생각을 통째로 바꿔놓는 힘이 있었다. 그는 진부한 음악을 자연 그대로의 아름다움으로 다시 태어나게 했다. 그가 하는 리허설은 두려웠지만 한편 흥분과 기대를 갖게 했다. 항상 새로움이 기다리고 있었기 때문이다."

한편 20세기 음악계에서 토스카니니의 리더십과는 전혀 다른 덕장 리더십을 보인 지휘자가 있으니 그의 이름은 베를린 필하모니를 이끈 빌헬름 푸르트뱅글러다. 그는 권위의식을 전혀 보이지 않았고, 단원들에게 무엇을 강요하거나 지시하지 않았다. 그는 심지어 자신이 원하는 바를 정확히 설명하는 말 주변도 없었다. 그럼에도 단원들은 그의 지휘 아래 기막힌 음악을 창조해냈다. 그의 인격이 그런 기적을 만들어낸 것이다.

베를린 필에서 팀파니를 담당하던 원로 연주자는 이렇게 말한 적이 있다. "어느 날, 우리는 한창 연습을 하고 있었다. 나는 악보에서 눈을 떼지 않고 있었는데, 우리 중 누군가가 갑자기 특별한 음색을 내기 시작했다. 그러더니 어느새 생기 있고 매력적인 연주가 이루어지고 있었다. 지휘대를 흘끗 보니 그곳은 비어 있었다. 이상하다 싶어 동료들을 살펴보니 그들의 눈길이 모두 입구 쪽으로 쏠려 있었다. 그곳에는 막 홀 안으로 걸어 들어오는 푸르트뱅글러의 모습이 보였다. 그의 존재 자체가 아름다운 베를린 필의 음색을 창조한 것이다."

기계적인 정확함보다 창발성, 그리고 다른 것들과 어우러지는 유기성을 강조했던 그의 지휘는 연주자들의 영감을 불러일으켰다. 그래서 베를린 필의 단원들은 그의 지휘봉보다 얼굴을 보며 연주하기를 더 즐겼다고 한다.

헤르베르트 폰 카라얀은 맹장과 덕장의 기질을 겸비한 명장으로 불리었다. 인간 심리에 통달한 그는 교사 기질을 가지고 있는 타고난 지휘자였다. 때로는 수학적인 정확함으로 때로는 감성적인 상상력으로 단원들을 휘어잡았다.

그는 종종 눈을 감고 지휘를 했다. 지휘자에게 가장 중요한 부분이 연주자와의 눈맞춤을 통한 교감인데도 말이다. 그 이유에 대해 카라얀은 '음악의 내면에 집중하기 위해서'라고 설명한 적 있지만, 어쩌면 그것은 연주자들의 집중을 끌어내기 위한 연기였을지도 모른다. 눈을 감고 멋진 은발을 날리며 지휘하는 그의 표정과 몸짓에 연주자들과 청중들은 마치 최면처럼 빨려 들어갔다. 그의 과거 정치 전력과 사업가적 기질을 놓고 일부에서는 비판을 하기도 하지만, 카라얀은 누구도 부인할 수 없는 음악적 재능과 인간적 매력을 가진 카리스마 넘치는 지휘자였음에 틀림없다.

그렇다면 나는 어떤 지휘자가 되고 싶은가? 어떤 리더십을 갖고 싶은가? 때로는 맹장이 때로는 덕장이 되고 싶다고 하면 너무 성의 없는 대답일까? 하지만 이게 사실이다. 처한 상황과 환경에 따라 나는 "나를 따르라, 모든 것은 내가 책임진다" 하고 용맹스럽게 내달리는 맹장이고 싶기도 하고, 또 때로는 모든 것을 초연한 덕과 지혜로 단원들을 푸근하고 여유롭게 하는 덕장이 되고 싶기도 하다.

나이가 들면서 맹장보다 덕장에 조금씩 마음이 더 기울고 있긴 하지만, 여전히 두 리더는 내 안에서 팽팽하게 갈등한다.

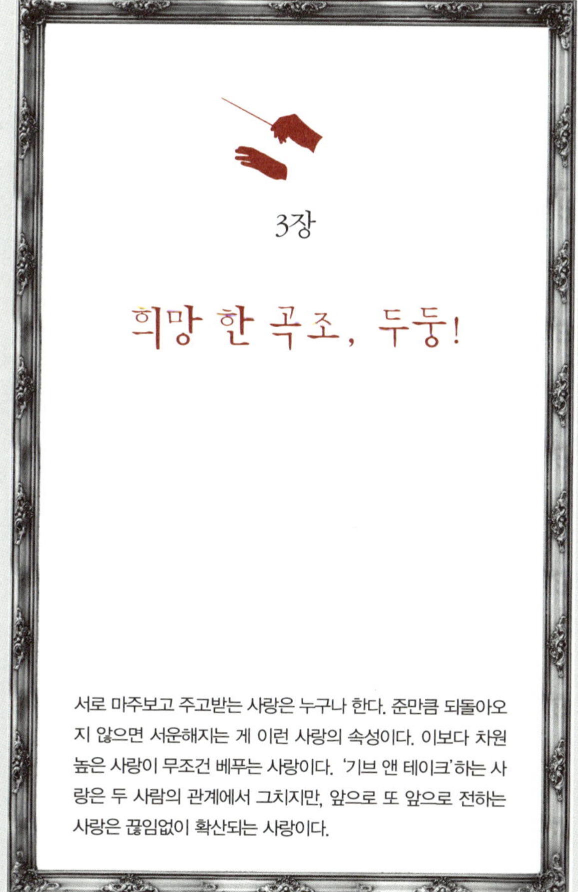

3장

희망 한 곡조, 두둥!

서로 마주보고 주고받는 사랑은 누구나 한다. 준만큼 되돌아오지 않으면 서운해지는 게 이런 사랑의 속성이다. 이보다 차원 높은 사랑이 무조건 베푸는 사랑이다. '기브 앤 테이크'하는 사랑은 두 사람의 관계에서 그치지만, 앞으로 또 앞으로 전하는 사랑은 끊임없이 확산되는 사랑이다.

다른 사람에게 갚으세요(Pass it on)

라이스 음대에서 석사를 마치고 이스트만 음악 학교에 진학하기 전, 박사 과정 입학에 필요한 지휘자 경력을 쌓기 위해 구한 일자리가 플로리다에 있는 코럴지리 음악 학교의 청소년 음악 감독 자리였다. 음악에 대한 진지한 열의 없이 그저 모여서 떠들고 노는 것에만 열중인 통제 불능의 부잣집 아이들이 대부분이었다. 고삐 풀린 망아지처럼 천방지축인 아이들을 힘들게 기선을 제압하고 또 때로는 얼러가며 가르친 결과 몇 달 만에 놀라울 만큼 달라진 아름다운 화음을 뽑아낼 수 있었다. 영화 〈사운드 오브 뮤직〉에서 견습 수녀인 마리아가 명문 트랩 가의 말썽쟁이 아이들에게 노래를 가르쳐 아름다운 노래 선율을 뽑아냈을 때의 감격과 기쁨이 이와 같았을까?

나의 이런 성과를 지켜보며 나보다 더 기뻐해준 분이 있으니 바로 코럴리지 음악 학교 이사회 임원인 모슬링 선생이다. 그는 우리 부부가 처음 플로리다로 옮겨갔을 때 살 집이 정해질 때까지 바다가 보이는 좋은 집에서 머물 수 있도록 임시 거처를 제공해준 분이

기도 하다. 그는 처음 부임하던 내게 이렇게 말했다.

"아이들이 너무 말을 안 들어서 여간 힘든 게 아니오. 새로 오는 지휘자마다 얼마 버티지 못하고 두 손 들고 포기하곤 했소. 진로 문제가 절박하지 않은 부잣집 아이들이 대부분이라 학교에서도 거의 수수방관하는 분위기요. 함 선생, 잘 부탁하오."

그의 우려와 달리 나는 꿋꿋하게 지휘자 자리를 버텨냈고, 아이들도 서서히 달라지기 시작했다.

"신익, 아이들이 드디어 임자를 만난 것 같소. 학부모들도 이번엔 제대로 된 음악 감독이 온 것 같다며 아주 기뻐하고 있소."

서너 달이 지나자 모슬링 선생은 나를 보고 활짝 웃으며 말했다. 우리 부부가 새로운 생활에 잘 적응하도록 이런 저런 도움을 준 그 부부는 어느새 우리의 친구 같고 부모님 같은 좋은 이웃이 되어 있었다.

그는 내 차가 고장 나면 자신의 단골 자동차 정비소로 데려가 나를 소개하며 각별히 신경 써 고쳐줄 것을 부탁했고, 낯선 곳에서 외롭지 않을까 하여 우리 부부를 모임에 데리고 다니며 친구들을 소개해 함께 어울리게 했으며, 야채와 과일은 어느 가게가 싸고 싱싱한지, 음식은 어느 레스토랑이 맛있는지, 우리 같은 동양인들이 가장 즐겨 찾는 중국 마켓은 어디인지 등 그야말로 시시콜콜한 정보까지 우리에게 친절히 일러주었다.

좋은 이웃을 만나고 아이들도 나의 지도를 잘 따라 나름 보람 있고 행복한 생활을 보내고 있다 생각했는데, 안타깝게도 그 삶은 오래 가지 않았다. 내가 이루어낸 변화와 성과가 자신의 기득권을 위협할지 모른다는 생각에 평소 나를 언짢게 생각하던 총감독이 해고 통보를 한 것이다. 8개월 만의 일이었다.

허탈하고 막막한 심정으로 플로리다를 떠나는 우리 부부와 이별하면서 모슬링 선생은 진정으로 미안하고 안타까워했다. 나 역시 이스트만 음악 학교 입학에 필요한 지휘 경력 3년을 채우지 못하고 떠난다는 생각을 하니 플로리다에서의 시간이 너무 헛되고 무의미한 것 같아 착잡했다. 하지만 플로리다와의 인연은 그것이 끝이 아니었다.

새로운 직장을 구하느라 동분서주하고 있던 어느 날 놀랍게도 모슬링 선생이 편지를 보내왔다. 실의에 빠진 나를 위로하고 반드시 좋은 일자리를 찾기 바란다며, 당장 생활비로 쓰라고 상당한 금액의 수표까지 함께 부쳐왔다. 그는 내가 당시의 막막한 상황에서 돌파구를 찾도록 격려하고 자극하는 역할도 하였다. 당장 내게 필요한 것은 최고의 환경에서 지휘자로 대성할 수 있는 교육을 받는 것이니 이스트만의 뉴엔 교수에게 연락하여 사정을 설명하고 진로를 의논할 것을 권했고, 그의 당부에 나도 서둘러 뉴엔 교수를 접촉하여 박사 과정에 특별 학생으로 입학하는 행운을 잡게 된 것이다.

위기를 뒤집으면 기회가 된다고 하던가. 서양 속담에도 '모든 구름은 햇볕을 숨기고 있다'는 말이 있는데, 이 말이 이때처럼 실감이 난 적이 없다. 당시 나는 이스트만 박사 과정 입학에 필요한 지휘 경력 3년을 채우는 것에 모든 정신이 쏠려 있었고, 그래서 플로리다에서의 지휘자 생활이 8개월 만에 끝났을 때 크나큰 낭패감만 느꼈다. 그런데 모슬링 선생은 내게 위기를 정면 돌파할 것을 권했고, 그것은 뜻밖에도 내가 지휘자 경력을 다 채우지 않고도 이스트만에 입학할 수 있는 기회를 열어주었다. 먹구름 뒤에 그런 찬란한 햇빛이 숨어있을 줄 누가 알았겠는가?

그 뒤로도 모슬링 선생은 나의 든든한 조언자이자 후원자가 되어주었다. 내가 세계 각지의 주요 마스터 클래스와 음악 캠프, 경연 대회에 참가하여 다양한 음악적 경험을 쌓을 수 있도록 경제적 지원도 아끼지 않았다. 아무 조건도 없고 아무 보답도 바라지 않는, 나의 재능과 노력에 대한 순수한 후원이기에 처음에는 놀랍고 얼떨떨하여 그 부부를 만날 때마다 감사의 마음을 표현하고자 애썼다.

"제가 이 은혜를 어떻게 다 갚아야 할지 모르겠습니다."

내가 이렇게 말문을 열면 모슬링 선생의 대답은 언제나 간결했다.

"다른 사람에게 갚으세요(Pass it on)."

서로 마주보고 주고받는 사랑은 누구나 한다. 준만큼 되돌아오지 않으면 서운해지는 게 이런 사랑의 속성이다. 이보다 차원 높은 사랑이 바로 모슬링 선생이 내게 보여준 무조건 베푸는 사랑이다. '기브 앤 테이크' 하는 사랑은 두 사람의 관계에서 그치지만, 앞으로 또 앞으로 전하는 사랑은 끊임없이 확산되는 사랑이다. 남이 나에게 베푼 사랑을 내가 또 다른 사람에게 전하고, 그 사랑이 다시 타인에게서 또 다른 타인에게로 전해지면서 말이다. 나는 모슬링 선생을 통해서 예수가 이 세상에 뿌린 참된 사랑의 씨앗을 전해 받은 셈이다.

처음에는 플로리다에서 보낸 시간들이 내 경력에 별 도움이 되지도 않고 음악적으로도 거의 무의미하게 흘러가버렸다고 생각했다. 그러나 나중에 생각해보니 그 시간들은 하나님이 내게 내리신 귀한 오아시스 같은 시간이기도 했다. 내게는 이제 양부모님이나 다름없는 모슬링 선생 부부와의 귀한 인연이 그곳에서 맺어졌기 때문이다. 그뿐만이 아니다. 이미 다른 곳으로 떠나간 지휘자를 위해 플로리다에서는 함신익 후원회가 결성이 되었고, 그 일원인 엘바 헌터라는 분은 암으로 세상을 뜰 때에 적지 않은 돈을 내놓으며 함신익 후원 기금 조성에 보태라는 유언을 남기셨다.

나는 미국이라는 나라가 힘을 유지하는 것은 미국 대통령 때문도 세계 최강의 무기를 보유한 군사력 때문도 아니고, 바로 이렇게 아무런 보상을 바라지 않고 자연스럽게 남을 후원하고 봉사하는 문화가 사회 밑바탕에 깔렸기 때문이라고 생각한다. 나 역시 프로 지휘자로서 미국 땅에서 홀로 서게 되기까지, 또 그 이후 오늘날까지, 숱한 어려운 순간에 나와 피 한 방울 섞이지 않은 이들이 나를 일으켜 세워주고 내가 앞날을 헤쳐 나가도록 힘을 보태주었다.

"다른 사람에게 갚으세요."

모슬링 선생의 그 말을 다시 한 번 음미해 본다.

나의 스승, 나의 제자

"신익, 자네는 자네가 생각하는 것보다 훨씬 더 많은 것을 가진 사람이네. 자네 안에는 아주 뛰어난 지휘자가 될 잠재력이 있어. 나는 그 가능성에 불을 지피는 사람이 되고 싶네. 준비가 되면 언제든 내게 오게. 기다리겠네."

나의 스승인 이스트만 음악 학교의 도널드 뉴엔 교수가 나를 처음 만났을 때 해준 말이다. 내가 그분을 처음 만난 것은 라이스 대학 석사 과정에 다니던 1987년이었다. 당시 뉴엔 교수가 주관하는 여름 방학 지휘 캠프에 참가하여 공부를 했는데, 그때 나를 눈여겨본 모양이다. 캠프가 끝날 무렵 초대한 저녁 식사 자리에서 그런 말을 하며 라이스 대학에서 공부를 마치면 이스트만으로 오라고 하였다.

천신만고 끝에 미국으로 건너와 장학금까지 받아가며 몇 해째 공부해왔지만 그때까지 내 마음 한구석에는 수많은 지휘자 지망생 무리에서 내가 어느 위치를 차지하는지, 내가 가진 '달란트'가 얼마나 되는지를 객관적으로 판단해볼 수 없다는 막연한 불안감이 있었다. 한국에서도 '일류가 아니면 아무것도 아니다'라는 식으로 학벌로 사람의 능력을 재단하는 고정관념의 벽에 부딪쳐 얼마나 시달렸던가.

뉴엔 선생님과의 만남은 나를 그 굴레에서 완전히 벗어나게 했다. 나는 선생님의 가르침을 받으면서 내 온몸의 피부 세포 하나하나가 새 세계를 향해 활짝 열려 양분을 빨아들이고 있는 듯한 희열을 맛보았다. 선생님은 내게 지휘자로서의 덕목과 철학을 심어주었을 뿐만 아니라 균형 있는 삶에 대해서도 중요한 가르침을 주셨다.

이스트만에서 깁스 오케스트라단을 만들어 한창 바쁘게 뛰고 있을 때의 일이다. 하루가 48시간이어도 모자랄 정도로 일에 매달리던 나는 날마다 아침 일찍 집을 나와 새벽 2시가 넘어 집에 들어가기를 반복하고 있었다. 신혼의 새댁이던 아내는 남편 얼굴도 제대로 보기가 힘들었다. 그뿐인가. 토요일마다 수십 명 오케스트라 단원이 먹을 음식까지 준비하는 일을 내가 떠맡겼으니 고생이 이만저만이 아니었다.

어느 날, 여느 날과 다름없이 학교 연습실에서 밤늦게까지 공부에 열중하고 있는데 뉴엔 선생님이 불쑥 연습실로 들어오셨다. 연구실에 무언가를 가지러 왔다가, 연습실에 불이 환히 밝혀진 것을 보고 의아한 마음에 문을 연 것이다. 연습실과 선생님 연구실은 6층에 나란히 붙어 있었다. 나는 그 자리에서 선생님 연구실로 불려갔다.

"신익, 우리 인생에서 가장 중요한 것은 하나님이고, 둘째가 가정이고, 셋째가 음악이네. 육십 평생을 음악가로 살아온 선배로서 당부하는데, 내가 말한 인생의 우선순위를 헷갈리지 말게나. 나에게도 그게 헷갈렸던 시절이 있다네. 음악을 위해 다른 모든 것을 다 버려도 아깝지 않다고 생각했던 시절이 있었지. 그게 어리석은 생각이라는 걸 나중에야 깨달았다네. 자, 신익! 지금 자네 인생에서 가장 소중한 것은 무엇인가?"

나는 그저 묵묵히 앉아있었다. 선생님은 조용히 지갑을 열더니 20달러 지폐 두 장을 꺼내어 내미셨다.

"내일 저녁에는 일찍 귀가해 아내를 데리고 좋은 식당에 가서 맛있는 저녁을 먹게나. 이 돈은 거기 보태 쓰게."

한밤중에 지친 몸을 이끌고 집에 돌아가 잠시 눈만 붙이고는 새벽 같이 다시 학교로 달려가는 나의 생활을 선생님도 전혀 눈치 채지 못하고 있었던 것은 아니다. 그런 제자를 안타까운 마음으로 지켜보다가, 우연히 한밤에 마주친 기회에 진심 어린 충고를 해주신 것이다. 물론 그 뒤에도 계속 바쁜 생활을 해야 했기에 선생님의 충고를 충실히 따르지는 못했다. 그러나 그날 밤 선생님이 들려준 이야기만은 늘 가슴에 두고 살았다. 그리고 선생님이 나를 단순한 제자 이상으로 배려하고 아껴주신다는 생각이 늘 나를 마음 든든하게 만들었고, 그럴수록 선생님을 실망시키지 않는 제자가 되어야 한다는 다짐을 하곤 했다.

이스트만 음대 박사 과정 졸업 연주 총리허설 때의 일이다. 뉴엔 선생님은 객석 저 뒤에 앉아 처음부터 끝까지 나를 지켜보셨다. 스승은 제자의 리허설 현장에서 무용 안무자와 같은 존재다. 자신이 길러낸 제자의 지휘봉에서 만들어지는 음악이 모든 면에서 가장 완성도 높게 무대에서 울려 퍼질 수 있도록 주도면밀한 관찰과 지적을 아끼지 않는 것이다. 그러나 그날의 뉴엔 선생님은 그저 묵묵히 앉아 계실 뿐이었다.

연주가 끝났을 때 비로소 뉴엔 선생님은 자리에서 일어나 조용히 무대 위로 올라왔다. 내 어깨에 잠시 손을 얹었다가 이윽고 나를 깊이 껴안은 후, 200여 명의 합창단, 100여 명의 오케스트라 단원을 향해 이렇게 말하셨다.

"나는 오늘 신익이 나를 능가했음을 보았습니다. 신익의 지휘에는 이제 나의 도움말이 필요하지 않습니다. 오히려 그의 지휘를 내가 배우고 싶은 마음입니다. 스승을 능가한 제자를 바라보는 내 마음은 형언할 수 없는 희열로 가득합니다."

나는 그날 300여 명 연주자의 뜨거운 기립 박수를 받았다. 이젠 스승 없이 나 혼자 걸어가야 한다는 불안감을 그 무대 위에서 뉴엔 선생님은 말끔히 씻어주셨다.

제자의 문제점을 지적하는 것은 스승이라면 누구나 할 수 있는 일이다. 그러나 그 문제를 해결할 방법까지 알려주기란 참 어려운 일이다. 선생님은 나의 문제점을 발견해주시는 데에 그치지 않고 그 문제점을 완전히 분쇄한 후 새로운 구조를 내 안에 넣어주셨다. 선생님을 만났다는 것이 나에게는 더할 수 없는 행운이요, 행복이었다. 내가 오늘에 이른 것은 뉴엔 선생님께서 나에게 튼튼한 기틀을 마련해주고, 가장 근원이 되는 지식을 그 위에 쌓아올려 주셨기 때문이다.

뉴엔 선생님이 몇 년 전 출간한 지휘법 관련 저서에 내가 선생님의 지휘법과 가르침에 대해 글을 쓸 기회가 있었는데, 그때 쓴 글의 한 대목이다.

일찍이 맹자는 군자의 세 가지 즐거움에 대해 이야기하면서 그중의 하나가 '뛰어난 제자를 가르치는 것'이라고 했다. 내가 뛰어난 제자였는지는 잘 모르겠으나 뉴엔 선생님은 확실히 제자를 가르치는 즐거움을 아셨던 분이다.

학교에서 제자들을 가르치면서 나 역시 뉴엔 선생님처럼 정성껏 제자를 가르치고, 그 제자의 성장을 기쁘게 바라보며, 마침내 그 제자가 '청출어람' 하는 순간 가득한 희열로 박수를 쳐주어야겠다고 먹었다. 그리고 얼마 전, 나도 그런 제자를 얻는 영광을 누렸다.

그의 이름은 데럴 앙. 싱가포르 출신의 남학생이다. 그를 처음 만난 것은 2005년 여름, 러시아의 낭만과 예술과 음악의 도시라 불리는 상트 페테르부르크라는 곳에서였다. 당시 나는 그 도시의 백야 축제에 초대되어 그곳 오케스트라를 볼쇼이 홀에서 객원 지휘하고 있었다. 어느 오후 시간, 문득 상트 페테르부르크 음악원을 방문하여 지휘과 수업을 참관하고 싶다는 생각이 들었다. 도착해보니 지휘과 기말시험을 치르고 있었는데 마침 데럴의 순서였다.

리하르트 슈트라우스의 〈돈 후안〉을 지휘하는데 그 동작이 필요

이상으로 크고 표현하려는 것이 너무 많은, 한마디로 '오버'하는 지휘였다. 그러나 그가 품고 있는 에너지, 무대에서의 긴장감, 온몸을 통해 전달되는 섬세함 등이 인상 깊었다. 그의 지휘를 지켜보면서 점점 가슴이 뛰어올랐다. 저 아인 진흙 속에 묻힌 다이아몬드다. 비록 정제되어 있진 않지만 온몸에 빛나는 재능이 숨어 있다……,

보통의 경우 많은 젊은 지휘자들이 음악적인 지식은 머리에 꽉 차 있는데 그것을 표현하는 데에는 부족한 경우가 많다. 끼와 감성이 부족한 것이다. 이런 경우엔 부족한 것을 채우는 교육을 시켜야 한다. 하지만 그의 경우는 달랐다. 저 펄펄 끓어 넘치는 가능성과 에너지를 어떻게 효과적으로 배분하고, 세련되게 표출시키며, 나와 외부와의 커뮤니케이션 능력을 키울 것인가, 그게 문제였다. 없는 것을 갖게 하는 게 아니라 깎고 다듬고 정돈하는 일이 관건이었다. 너무나 멋진 원석을 앞에 두고 있는 석공처럼 마음이 흥분되었다. 저 아이를 내 손으로 보석처럼 꽃피우고 싶다는 생각이 강렬하게 들었다.

수업이 끝난 후 나는 데릴을 만났다.

"나는 예일에서 지휘를 가르치는 함신익이네. 자네 지휘 잘 보았네. 예일 음대에서 지휘를 배워보고 싶은 생각이 없나?"

내 얼굴을 보던 데릴이 깜짝 놀라는 표정을 지었다.

"그렇지 않아도 요 며칠 볼쇼이 홀에서 선생님이 오케스트라와 연습하시는 걸 지켜보고 있었습니다. 저도 선생님 밑에서 배우고 싶습니다. 선생님이라면 무조건 따라가겠습니다."

제자 데릴(오른쪽)은 내가 러시아의 상트 페테르부르크 음악원을 방문했다가 발견해낸 보석 같은 인재다. 그는 내 권유로 2007년 9월에 브장송 세계 지휘 콩쿠르에 참가하여 그랑프리를 받았다.

　데릴은 다음 학기에 특별 오디션을 거쳐 예일 음대 지휘과로 옮겨왔다. 나는 처음부터 다시 시작하는 마음으로 데릴을 가르쳤고, 그도 나를 잘 따라왔다.

　그는 이전에 각종 지휘 콩쿠르에 출전하였지만 번번이 초반전에 탈락하였다고 했다. 나는 그에게 '너는 실력이 부족한 게 아니라 네가 가진 실력을 다른 사람에게 효율적으로 전달하지 못했을 뿐'이라고 말해주었다. 1년 넘게 함께 공부를 해오면서 내가 데릴에게 가장 강조했던 것은 음악은 '나 혼자' 하는 것이 아니라 '함께 만들어가는 것'이라는 철학을 가지라는 거였다. 지휘는 특히 그런 오류에 빠지기 쉽다. 그럴수록 악보에 충실하여 기본을 다지고, 음악에 대해 더욱 겸손한 마음을 가지며 다른 연주자들의 마음을 읽고 존중하도록 노력해야 한다.

예일에서 데릴은 많은 변화와 발전을 하였다. 2007년, 나는 데릴에게 프랑스 브장송의 세계 지휘 콩쿠르에 출전해볼 것을 권했다. 2년마다 열리는 브장송 세계 지휘 콩쿠르는 세계에서 가장 권위 있는 지휘 대회로, 오자와 세이지 등 유명한 지휘자들이 이곳에서 배출되었다. 나도 1990년에 이 대회에 나갔다가 결선까지 진출했지만 입상하지 못했었다. 내 권유를 듣고 데릴은 처음에 펄쩍 뛰었다.

"브장송 세계 지휘 콩쿠르요? 말도 안 돼요. 아직 준비가 안 됐어요."

"왜 안 되니? 너라면 잘 해낼 거다."

"하하, 알겠습니다. 한번 나가보지요."

데릴은 내가 권하니 그저 대회 경험이나 쌓아보자는 생각으로 2007년 9월, 브장송 지휘 콩쿠르에 참가하였다. 세계 각지에서 300명의 지휘자들이 모여든 이곳에서 그는 그러나 최종 우승인 그랑프리, 오케스트라 단원이 뽑는 최고 지휘자상, 청중이 뽑는 최고 지휘자상 등 세 개의 상을 모두 휩쓸며 세계 지휘계에 화려한 등장을 하게 되었다. 본인도 당연히 초반에 떨어질 거라 생각하여 연미복도 준비해가지 않은 대회였다. 최종 결선에서 그는 콩쿠르에 참가한 친구의 연미복을 빌려 입고 대회에 참석하였다.

데릴은 지금 예일 음대의 자랑거리다. 예일 음대의 전 학장이며 현재 작곡과에 재직 중인 동료 교수 레더만은 데릴의 지휘가 '젊은

레너드 번스타인'을 연상시킬 만큼 카리스마가 있다고 극찬한다.

"선생님을 페테르부르크에서 처음 만난 것은 제게는 횡재와 같았습니다."

지금도 데릴은 가끔 이렇게 이야기한다. 하지만 나야말로 그 만남에 감사하고 싶다. 스승을 능가하는 제자를 바라보는 기쁨과 희열을 그가 느끼게 해주었으니 말이다.

함신익배 쟁탈 국제 지휘 경연 대회

내 지휘 수업에는 중간고사, 기말고사가 따로 없다. 그 대신 한 학기에 두 차례 '함신익배 쟁탈 국제 지휘 경연 대회'가 열린다. 물론 우리끼리 그렇게 부른다는 뜻이다. 하기야, 미국, 아시아, 유럽, 남미 등 세계 각지 학생들이 다 섞여 실력을 겨루니 실로 국제 대회라고 부를 만도 하다.

다른 대회와는 달리 언제 대회가 열릴지, 어떤 곡이 지정곡이 될지 아무도 모른다. 따라서 학생들은 수업 시간에 배운 모든 곡을 늘 복습하며 대회에 대비할 수밖에 없다.

"예수께서 말씀하셨습니다. '그날과 그 시간은 아무도 모른다'라고. 여러분이 출전할 경연 대회 또한 그날과 그 시간은 아무도 모릅니다. 어쩌면 나는 빈자리가 가장 많이 눈에 띄는 날 이 대회를 열지도 모릅니다."

첫 시간에 이런 이야기를 넌지시 해놓으면 한 학기 내내 결석이 거의 없을 정도로 효과 만점이다.

이 대회에서는 학생 전원이 출전자이자 심사위원이다. 학생들의 비밀 투표로 우승자를 뽑으며, 동점자가 있을 경우에만 내가 한 표를 행사한다. 우승자를 뽑는 기준이 조금 독특하다. 중간고사에 해당하는 대회에서는 가장 우수한 사람을 우승자로 뽑지만, 기말 대회에서는 한 학기 동안에 음악적으로 가장 많이 발전한 사람을 우승자로 뽑는다.

우승자에게는 좋은 지휘봉을 상으로 주고, 학교 근처에 있는 단골 이탈리안 식당에 데려가서 스파게티를 함께 먹으며 이야기를 나눈다. 호박, 가지, 통마늘, 피망, 양파 등등 각종 야채와 앤초비가 풍부하게 들어간 이 스파게티는 나의 특별 주문 메뉴이다(앤초비는 서양 멸치인데, 이탈리아 사람들은 이것에 소금을 뿌려 올리브 기름에 담가 저장했다가 스파게티에도 넣고 피자에도 얹어 먹는다. 우리의 멸치젓 풍미가 느껴져서 나도 즐겨 먹는다). 내가 스파게티를 주문하면 척 알아듣고 이것을 만들어오곤 한다.

내가 이 스파게티를 주문할 수 있는 식당은 예일 대학이 있는 뉴헤이븐 말고도 텍사스, 앨라배마 등지에 더 있다. 다 내가 상임 지휘자로 일하는 오케스트라가 있는 곳이다. 새로운 레퍼토리를 선정해 음악 만들기에 열중하다 보면 점심 식사를 소홀히 하기가 쉽다. 그럴 때 음악에 젖어 있는 상태에서 그 흐름을 깨지 않을 만큼 가볍게 먹을 수 있는 음식으로 스파게티만한 게 없다. 이탈리아 축구 선수들이 시합 전에 먹는 고열량의 종합 영양식이 바로 스파게티라고 하지 않던가.

나는 내 얼굴만 보면, 또는 전화 주문만으로도 내 입에 맞는 스파게티를 얼른 요리해주는 단골 이탈리안 식당을, 내가 정기적으로 머무는 지역에 한 군데씩 만들어 놓았다. 내 방법대로 하면 야채를 풍부하게 섭취할 수 있으며 영양 면에서 아주 충실하여, 이것 한 접시면 오후 연습 내내 속이 든든하다.

파스타를 좋아하는 내가 개발한 특유의 요리법으로 조리했다고 해서, 언제부턴가 한 주방장이 이 메뉴를 '스파게티 마에스트로'라는 이름으로 부르기 시작했다. 이 새로운 스파게티를 그 이름으로 메뉴판에 올리겠다는 식당도 있지만 내가 한사코 말렸다. 그렇게 되면 나만을 위한 비공개 특별 메뉴를 즐기는 묘미가 사라질 게 아닌가. 그러나 궁금해 하실 독자들을 위해 뉴헤이븐의 레스토랑 '브라지(Brazi)'의 지배인에게만 특별히 부탁해놓겠다. 한국인이 와서 스파게티 마에스트로를 주문하거든 기꺼이 주문에 응하라고. 한 곳 더 귀띔하자면 텍사스에서 스파게티 마에스트로를 먹을 수 있는 식당은 '알리올리(Alioli)'다.

스파게티 이야기가 너무 길어졌는데, 아무튼 '마에스트로 함'과 마주 앉아서 '스파게티 마에스트로'를 먹으며 음악 이야기를 나누었던 것이 그들에게는 학창 시절의 근사한 추억으로 남기를 바란다.

시각장애인 트럼펫 연주자, 캐시

캐시를 처음 만난 것은 1999년의 예일 심포니 신입 단원 오디션에서였다. 캐서린 암스트롱. 그녀가 자기 악기인 트럼펫을 들고 시각장애인 인도견의 도움을 받아 오디션 장소에 들어섰을 때, 나는 긴장하지 않을 수 없었다. 그녀는 차분한 모습으로 악기를 가다듬고 자기가 준비해온 몇몇 교향곡의 트럼펫 부분을 연주해나갔다. 우리 오케스트라의 일원이 되기에 필요한 기량을 충분히 갖춘 훌륭한 연주자였다.

연주가 끝나고 간단한 인터뷰를 통해 그녀가 이미 1학년 한 해를 소편성의 학교 밴드에서 활동했고, 2학년에 진학하면서 좀 더 본격적인 연주 활동을 위해 오케스트라의 문을 두드린 것임을 알게 되었다.

그녀는 결정권자인 나를 고민에 빠뜨렸다. 이건 내가 음악 감독으로서 시각장애인 연주자를 단원으로 받아들이느냐, 안 받아들이느냐의 단순한 문제가 아니었다.

'과연 내가 캐시를 받아들여 잘해낼 수 있을까?'

고민은 나 자신에게로 집중되었다. 내가 전혀 경험해보지 못한 일, 나뿐만 아니라 그 어떤 지휘자에게도 어려운 모험이 될 이 일을 과연 감당할 수 있을까?

물론 시각장애인 중에도 훌륭한 연주자들이 있다. 지금 세계무대에서 이름을 날리고 있는 크로스오버 테너 가수 안드레아 보첼리, 뛰어난 기타 솜씨로 1970~80년대 팝의 세계를 풍미했던 가수 호세 펠리치아노가 우선 떠오른다. 또 20세기 초반으로 거슬러 올라가면, 방대한 양의 바흐 연주 녹음을 남긴 오르간 연주자 헬무트 발하가 있다. 그는 바흐의 건반 음악을 송두리째 암기하여 ‘신의 소리’라는 찬사가 따를 만큼 아름답게 연주한 전설적인 존재이다.

그러나 독주자로 자신의 기량을 닦아나가는 것과 오케스트라 단원이 되는 것은 또 다른 문제라고 생각했다. 오케스트라 연주는 지휘자의 지휘봉은 말할 것도 없고 손짓, 몸짓, 표정과 눈짓에 수많은 단원이 호흡을 맞추는 철저한 협동 작업이다. 앞을 못 보는 연주자에게 그 모든 섬세한 지시들이 제대로 전달될 수 있을까? 협동 작업 자체가 불가능한 건 아닌가? 서로 애만 쓰다가 끝내 상처받고 헤어지게 되는 건 아닐까?

그녀의 악기가 관악기라는 것이 상황을 더욱더 난처하게 만들었다. 한 파트를 여러 사람이 함께 담당하는 현악기 주자들과는 달리 트럼펫, 트롬본, 플루트, 오보에, 클라리넷, 바순 등의 관악기 주자들은 오케스트라 안에서 각자가 ‘홀로 서는’ 연주자들이다. 이를테면 나란히 앉은 세 사람의 트럼펫 주자는 제각기 다른 음표를 연주하게 된다. 따라서 옆 사람의 움직임을 감지하면서 보조를 맞추는 것에도 한계가 있다.

나는 우선 캐시가 1년 동안 활동했던 관악 합주 밴드의 지휘자를 찾아가서 캐시에 대한 의견을 물었다.

"캐시요? 대단한 학생입니다. 연주할 곡이 정해지면 첫 연습에 앞서서 전곡의 악보를 머릿속에 파악하고 옵니다. 지휘자의 지시도 육감적으로 하나도 놓치지 않고 다 알아차려서 소화합니다. 물론 오케스트라 단원이 되는 건 밴드 때와는 또 다른 상황이고, 내가 예상할 수 없는 어려움이 생길 수도 있겠지만, 나는 캐시가 새로운 벽에 부딪치더라도 그 벽을 너끈히 돌파하리라고 생각합니다."

발표를 이틀 뒤로 미루고 고민에 빠졌던 나는 고심 끝에 이런 결심에 이르렀다.

"내게 볼 줄 아는 사람들을 지휘할 능력을 부여해주신 하나님이 이제는 보지 못하는 사람을 지휘하는 능력을 새로 주시려나 보다. 그래, 캐시와 함께 노력해보자."

이렇게 해서 캐시는 예일 심포니의 단원이 되었다.

밴드의 지휘자가 내게 했던 이야기는 결코 과장이 아니었다. 과연 그녀는 자기로 인해서 동료들이 시간을 낭비하지 않도록 연주에 필요한 모든 사항을 미리 파악하고 연습에 임하는 연주자였다. 점자를 이용한 악보 기보법으로 익숙하게 모든 지시 사항을 메모했고 깊이 새겼다. 그녀가 외워야 할 것, 메모해야 할 것은 실제 연주에서도 코앞에 악보를 펴놓고 연주할 수 있는 보통 연주자들의 몇 곱절에 이르는 분량이었다. 캐시의 자세에 감동한 나도 더 적극적으로 의사소통 방법을 고안해나갔고, 지휘대 위에서 어떻게 하면 나의 호흡과 숨결이 캐시에게 잘 전해지게 할지 요령을 터득해나갔다.

캐시는 남다른 부지런함으로 주변 사람들까지 부지런해지게 만들었다. 그녀는 한 해 동안 자기가 연주해야 할 레퍼토리를 모두 미리 파악하여 남들보다 훨씬 먼저 준비에 들어갔다. 충분한 연습 시간을 확보하기 위해서다. 레퍼토리가 파악되면 우선 모든 곡을 음반으로 되풀이해서 들으면서 곡 전체의 흐름을 완전히 자기 것으로 만든다. 그 다음에는 트럼펫 교수의 도움을 받아 자기 파트를 녹음해서 악보는 물론이고 지휘자나 동료와의 의사 소통에 필요한 모든 사항을 점자로 기보한다.

이렇게 캐시는 연습을 지체시키기는커녕 느슨한 다른 단원들을 독려하고 자극하는 존재가 되었다. 베토벤에서 스트라빈스키까지, 또 난해한 현대 음악에 이르기까지 아무리 복잡한 악보라도 그 내용을 철두철미하게 자기 것으로 만든 다음에 연습에 임했으며, 나의 지휘봉을 전혀 보지 못하는 상태라는 게 믿어지지 않을 정도로 지휘자의 의중을 민감하게 간파하여 연주했다. 준비를 제대로 안 해와 연습을 지체시키고 헤매는 단원들은 그녀 앞에서 쥐구멍을 찾아야 했으니 따로 그들을 나무랄 필요조차 없었다. 앞이 안 보이는 사람에게는 자기 신변의 안전 유지를 위한 물리적 육감만 발달하는 것이 아니라, 그보다 훨씬 더 내면적이고 섬세한 감성의 세계가 무한히 발달한다는 사실을 캐시를 통해 구체적으로 알아가게 되었다. 그 능력은 우리가 상상할 수 있는 것 이상이다.

캐시는 캠퍼스 안에서 시각장애인 인도견과 함께 움직이기 때문에, 연습 때는 그 개를 늘 자기 발밑에 둔다. 한 번은 연주 때 캐시의 개가 주인 곁에서 음악을 자장가 삼아 단잠에 빠졌다가 갑작스런 금관 악기 소리에 놀라서 깨어나 기지개를 켜는 바람에 목에 매달린 방울이 딸랑거리며 연주에 끼어들었다. 정말 난감하고도 웃음이 나오는 순간이었다. 그 다음부터 캐시는 연주가 시작되기 전에 꼭 개의 방울 목걸이를 풀러 두는 습관을 가지게 되었다.

캐시는 자신의 모든 동료들, 그리고 음악 감독인 나를 변화시켰다. 그녀의 존재 자체가 우리를 행복하게 만드는 순간이 너무나 많았다. 2000년 5월에 나는 예일 심포니를 이끌고 한국을 방문하여 '부산 소년의 집'에서 연주를 했다. 그때 캐시를 앞으로 불러내 대부분이 고아들인 소년의 집 아이들에게 소개했다.

"캐시 누나는 앞을 못 보지만 열심히 노력해서 미국에서 가장 우수한 1퍼센트의 학생이 들어가는 예일 대학에 당당히 들어와서, 예일 심포니의 트럼펫 수석 연주자로 실력을 발휘하고 있어요. 여러분이 지금 어려운 환경에 놓여 있지만, 꿈을 가지고 노력하세요. 외롭고 힘들어 울고 싶어질 때는 여기 이 앞 못 보는 캐시 누나가 트럼펫 연주자로 무대에 서기까지 겪어야 했을 고통과 외로움을 생각하세요. 마침내 연주자로 당당히 자신을 일으켜 세운 캐시 누나를 잊지 마세요."

워싱턴 D.C.에 사는 캐시의 부모는 연주 때마다 뉴헤이븐의 예일 캠퍼스까지 일고여덟 시간을 운전해서 달려오곤 했다.

2002년 여름, 나는 뜻하지 않은 이메일을 한 통 받았다. 캐시의 어머니로부터 온 편지였다.

마에스트로 함, 불행하게도 캐시의 아버지가 이번 여름에 심장 마비로 세상을 떠났습니다. 아직 슬픔에서 헤어나지 못한 저는 한 가지 어려운 청을 드리고자 펜을 들었습니다. 다음 번 예일 심포니 정기 연주회에서 캐시 아버지가 가장 좋아하던 음악인 브람스의 〈대학 축전 서곡〉을 들려주실 수 있으신지요? 캐시 아버지가 하늘나라에서 캐시와 캐시의 동료들이 연주하는 그 곡을 들으며 기뻐하실 것입니다. 이 연주를 위해 고인의 이름으로 예일 심포니 발전 기금에 조금이나마 보태고 싶습니다.

사랑하는 아버지의 음성조차 더 이상 들을 수 없게 된 캐시! 우리는 다음 연주회에서 브람스의 〈대학 축전 서곡〉을 기꺼이 고인에게 헌정했다. 연주가 끝나면 꼭 무대 뒤로 찾아와 웃으며 감사의 표시를 하시던 그분이 하늘나라에서 우리의 연주를 기쁘게 받아주셨으리라 믿는다.

캐서린은 예일 학부를 졸업하고 피츠버그 대학원 재활의학과에 진학했다. 복수 전공으로 트럼펫도 계속하였다.

앞에 잠깐 언급했던 헬무트 발하는 청소년기에 각막에 생긴 질병과 싸우다가 실명했다. 그는 시력을 잃은 상태에서 어떻게 오르간과 쳄발로를 그토록 훌륭하게 연주할 수 있느냐는 질문을 받으면 늘 이렇게 대답하곤 했다고 한다.

"나의 병은 나를 광명의 세계로부터 영원히 단절시켰습니다. 그러나 나의 병은 내가 내면의 인식 세계에 눈을 뜨도록 인도해 주었습니다(The disease which cut me off permanently from the visible world also opened and smoothed for me the way to inner perception)."

섬세한 감각, 뛰어난 음악성, 굳은 의지의 소유자 캐서린의 음악적 성장을 바라보면서 나는 확신한다. 하나님은 그녀에게서 시력(sight)을 거두어 가신 대신에 그보다 더 깊은 곳을 볼 수 있는 통찰력(insight)을 내려주셨다는 사실을.

그래도 음악은 버릴 수 없다

예일의 학부는 전공이 없다. 3학년 때부터 전공의 개념이 있기는 하지만, 우리나라 대학의 '과'와는 개념이 많이 다르다. 커리큘럼이 전공에 집중되어 있지도 않거니와, 학생들도 여러 과목을 복수 전공하며 다양한 지식을 쌓아 가는 것에서 학부의 의미를 찾는다.

예일 캠퍼스 안에는 학과를 나누지 않은 열린 학부 '예일 칼리지'를 중심으로 그 외곽에 의학, 법학, 음악, 건축, 드라마, 경영학, 예술, 신학 등의 프로페셔널 스쿨 즉 전문 대학원이 있다. 학부 학생들에게는 이 모든 전문 대학원의 강의를 들을 기회가 열려 있다. 이러한 시스템이 뒷받침해주는 덕분에 학부 학생들은 자신의 갈 길을 일찍부터 정해놓고 그쪽으로 파고들기보다는 다양한 가능성을 열어놓은 채로 오히려 더 깊이 있고 치열하게 여러 학문 분야를 탐색해 나간다. 이런 점이 예일 커리큘럼 운용의 묘이며 매력이다.

학부에서 컴퓨터 공학과 영문학을 함께 전공하다가 의학 대학원으로 진학하는 게 예일의 아이들에게는 이상한 일이 전혀 아니다

(물론 이러한 점은 꼭 예일에만 국한된 현상은 아니다). 내가 지휘자로 있는 예일 심포니의 90여 명 아이들만 보아도, 물론 음악을 전공하겠다고 뜻을 일찍 굳힌 아이들도 있지만 그렇지 않은 아이들이 더 많다. 하나하나가 다 자기만의 개성 있는 성취 목표와 계획을 가지고 앞날을 모색하며, 한편으로는 저마다 다른 취미를 갈고 닦는다.

몇 년 전 학부를 졸업한 한 학생의 예를 들어보자.

1998년 신입생 사정 기간에 예일 대학 입학국에서 내게 편지를 보내왔다.

> 올해에 예일 학부에 원서를 낸 한 학생과 관련해서 함 교수께 도움을 요청합니다. 학교는 지금 이 학생을 꼭 예일로 데려오고 싶은 입장입니다. 줄리아드 음대 예비학교에서 콘트라베이스를 전공했고, 음악에 대한 열정이 대단한 학생입니다. 그런 만큼 함 교수께서 이 학생이 우리 학교를 선택하도록 한번 만나서 설득해주시기 바랍니다.

우리도 점차 바뀌어가고 있지만, 미국의 입학 제도는 여러 학교에 동시에 지원하는 것이 얼마든지 가능하다. 그렇기 때문에 실력 있는 학생을 아이비리그의 경쟁 상대들에게 빼앗길 위험이 있어 보일 때, 학교 입학국은 이런 방법을 쓴다. 그 학생에게 영향력을 미칠 만한 예일 칼리지 소속 교수에게 지원자를 강력히 끌어당겨 달라고 요청하는 것이다.

동봉해온 서류를 보니 줄리아드의 세계적으로 유명한 콘트라베이스 연주자 도널드 팔머 교수의 추천서가 들어 있었다. 성적은 말할 필요도 없이 톱 클래스였다. 그의 인생에서 음악이 얼마나 중요한 요소인지, 얼마나 음악에 정열을 쏟아왔는지를 짐작하게 하는 에세이도 들어 있었다.

나는 모든 서류를 꼼꼼히 살펴본 뒤 그 학생의 집으로 전화를 했다.

"나는 예일 심포니 지휘자 함신익입니다. 학생은 뉴욕에 살고 있죠? 언제 한 번 예일에 들를 수 있겠습니까? 나는 학생의 베이스 연주를 꼭 한 번 들어보고 싶습니다."

지휘자가 직접 전화를 걸어 만남을 청했을 때, 지원자가 학교 행정 당국의 손짓과는 다른 각별한 느낌을 받는다는 것, 그것이 바로 입학국이 기대하는 효과가 아닌가 싶다. 그 학생도 예외는 아니었다. 이미 예일 심포니에 대해 많은 관심을 가지고 있었다며 나의 부름에 기꺼이 응했다.

나의 연구실에 찾아와서 들려준 그의 베이스 솜씨는 과연 훌륭했다. 12학년, 우리나라 식으로 말하면 고3 학생의 수준을 훨씬 웃도는 실력이었다.

"예일 심포니에는 학생처럼 유능한 베이스 주자가 필요합니다. 학생이 예일에 온다면 예일 심포니의 베이스 섹션을 이끌어나갈 훌륭한 리더가 될 것입니다. 우리 학교로 와서 나와 함께 좋은 음악을 만들어 보지 않겠습니까?"

이런 과정을 거쳐서 마침내 예일을 선택하고 예일 심포니에서 베이스 주자로 4년 동안 활약을 한 친구가 윌리엄 메스모어다. 그는 지휘에도 관심이 많아서 조그만 현악 앙상블을 만들어 지휘자이자 리더로 활동했고, 나 또한 그가 예일 심포니의 지휘대에 설 수 있는 기회를 만들어주기도 했다. 2000년에 이들을 이끌고 한국으로 연주 여행을 왔을 때는 나의 곁에서 많은 일들을 처리해주었다.

악기 중에 가장 둔중한 콘트라베이스를 들고 캠퍼스를 종횡무진 누비며 4년 동안 리허설에 단 한 번의 지각, 결석도 없이 열성을 다해 참여했던 학생이다. 그는 성실하고 부지런할 뿐만 아니라 놀랄 만큼 자기 시간의 효용을 극대화하여 움직였다. 뉴욕의 큰 기업체들에서 인턴십 제의가 오면 학업과 연주 활동만으로도 힘든 터에 그 기회를 절대로 놓치지 않고 응해 경험을 쌓았고, 졸업하자마자 뉴욕의 투자 회사에 취직을 했다.

윌리엄은 입학할 때부터 자신의 장래에 대해서 "종교학과 철학을 공부하고 싶다. 그래도 음악은 버릴 수 없다"는 확실한 태도를 가지고 있었다.

"그래도 음악은 버릴 수 없다."

이러한 기본 태도가 바로 예일 학부생들의 생명력의 원천이다. 그들은 바로 이점에서 일찍부터 자신의 진로를 음악으로 고정해놓고 그 길로만 달리는 음악원이나 음악 대학 출신들과 차별된다. 우리가 주목해야 할 것도 바로 이 부분이다.

흔히 진로 선택이라고 하면 '음악이냐 공부냐', '음대냐 의대냐'

하는 식의 양자택일을 의미하고, 특히 예능 분야의 경우에는 그러한 경향이 더욱 심하다. 재능이 많은 학생일수록 이러한 양자택일의 갈림길에서 한쪽을 선택하기를 강요받고, 그 결과 음악을 버리는 경우가 허다하다. 이러한 현실은 얼마나 많은 사람들이 음악을 삶의 동반자라고 생각하기보다는 도구적 존재로 여기는가를 드러내 보여준다.

자녀가 음악가의 길을 가겠다고 하면 장차 밥 굶게 되지 않을까 걱정하고 말리는 것은 한국 부모나 미국 부모나 마찬가지다. 물론 어릴 때부터 자식을 남들이 알아주는 연주자로 키우려고 온갖 열성을 아끼지 않고 쏟아 붓는 부모도 있지만, 미국에서나 한국에서나 걱정하고 말리는 부모가 훨씬 더 많은 듯하다.

윌리엄 말고도 실제로 재능이 뛰어난 많은 음악 지망생들이 줄리아드나 커티스, 또는 유명 음악원(콘세르바토리)의 입학 허가를 받아놓고도 예일을 선택한다. 물론 저마다 선택의 이유가 다르겠지만, 그중에는 음악을 하겠다면 학비를 안 대주겠다는 부모의 반대에 부딪쳐서, 부모가 원하는 공부도 하고 자기가 원하는 음악도 하기 위해 예일에 온 아이들이 있다. 장차 음악을 전공하게 되더라도 이것은 결코 불리한 선택이 아니다. 실력만 인정받으면 학부생 신분으로도 음악 대학원의 훌륭한 교수들에게 얼마든지 레슨을 받을 수 있기 때문이다. 그런 식으로 학부 과정을 거친 학생들 중에 음대 대학원으로 진학하여 본격적으로 연주자의 길을 가는 학생은 30퍼센트 정도 된다. 다시 말하면 70퍼센트의 학생은 음악은 순수하게 즐기고, 직업에서는 다른 선택을 하는 것이다. 그들의 모색 과정과 진로 선택은 참으로 다채롭고 자유분방해서, 때로는 그들과 같은 나이에 한 길로만 돌진했던 내 자신을 돌아보게 만든다.

예일 법대 대학원에 재학 중인 송상훈은 지휘자의 꿈을 내내 품은 채로 변호사 코스를 밟고 있는 학생이다. 컬럼비아 대학원에서 철학 박사 학위를 따고 예일 법대 대학원에 왔으나, 아직도 지휘자의 꿈을 품고 있다며 내 지휘법 강의에 들어오기 시작했다. 알고 보니 고등학교 때까지 작곡가가 되기 위해서 작곡가 백병동 선생한테 레슨도 받았었다고 한다. 늘 강의실에 가장 먼저 들어와 자리 잡고 있고, 강의가 끝난 뒤에 캠퍼스를 걸어가면서도 손을 휘젓고 있을 때가 많다.

'음악이 그렇게 좋은 것일까. 아마 음악을 직업으로 택하지 않은 자만이 누리는 또 다른 즐거움이 있는 모양이다.'

멀어져가는 상훈이를 바라보면서 그런 생각을 새삼 해본다.

상훈이는 졸업도 하기 전에 뉴욕의 유명한 로펌에 취직이 되었다. 나는 그가 뉴욕의 성공한 변호사로 우뚝 선 다음까지도 예일 심포니에 불러다가 가끔 지휘대에 세우고 싶다. 음악에 대한 확고한 지식과 열정을 품고 사는 아마추어 음악인이 만들어내는 음악이 어떻게 발전해가는지, 앞으로 그것을 지켜보고 싶다.

예일 심포니의 콘트라베이스 주자 크리스틴 해먼은 첫눈에 썩 실력이 돋보이는 학생은 아니었다. 콘트라베이스 전공으로 대학원까지 진학하겠다는 그의 굳은 결심을 지켜보면서, 나는 솔직히 속으로 '음악을 계속 붙들었으면 하는 학생들은 모두 다른 길로 빠져나가는데, 왜 저 학생은 저 정도의 실력을 가지고 굳세게 음악만을 고집할까?' 하는 생각도 했었다. 그러나 졸업할 무렵이 되었을 때 그는 내가 믿을 수 없을 만큼 훌륭한 베이스 주자로 성큼 자라 있었다. 아놀드 팔머 교수에게 레슨을 받기 시작하더니 자기 목표대로 예일 대학원에 진학을 했다.

'야, 정말 자기 뜻 세운 대로 가는구나.'

그러나 크리스틴은 내가 이렇게 감탄하며 지켜볼 시간조차 오래 주지 않고, 한 해 만에 대학원 과정을 끝내더니 하버드 의과 대학원으로 훌쩍 떠나가 버렸다. 원 없이 음악에 자신을 불살라보고, 어느 순간 자신의 또 다른 면을 확장시키기 위해 자기가 닦아온 길에서 훌쩍 이탈해 전혀 다른 궤도로 접어든 것이다. 음악도 잘하지만 다른 길로 나가더라도 얼마든지 뛰어난 재능을 발휘할 수 있는 아이들. 능력을 하나만 키우는 것이 아니라 두 가지, 세 가지를 키워서 자기 삶의 선택 범위를 그만큼 확장하는 아이들. 이렇듯이 탐날 만큼 여유롭고 신선한 진로 찾기가 허락되는 것은 그들의 세계에서만 일어날 수 있는 일인가? 다양한 재주꾼들을 길러낼 시스템을 우리도 모색해나가야 할 때가 아닌가?

조수아 리치맨은 지휘에 관심이 많으면서 트롬본을 아주 잘 부는 유태인 학생이다. 그는 천재적 음악인 가정에서 태어나 고등학교 때부터 밀워키 청소년 오케스트라 수석으로 활동했고, 밀워키 오케스트라와 협연도 하던 출중한 연주자다. 나는 이 학생이야말로 프로 연주자의 길을 갈 것이라고 예상했었다. 그러나 대학 3학년 때부터 수염을 기르고 토요일 안식일을 지키기 시작했다. 정통 유태인의 풍습을 따르기 시작한 것이다. 이윽고 머리에도 키파(유태인 남성들이 쓰는 둥근 모자)를 쓰고 다니더니 4학년 때는 훌쩍 사라져버렸다. 얼마 후 그는 이메일로 자신의 근황을 알려왔는데, 이스라엘에 가서 랍비 학교에 다니고 있다고 했다.

끝으로 할머니 청강생 한 분을 소개한다. 그분은 예일의 내 지휘 클래스를 듣는 학생이다. 뉴헤이븐에 살며 교회에서 오르간 반주자로 활동하신다던 그분은 어느 날 나를 찾아와 이렇게 물어왔다.

"마에스트로, 제가 지휘에 관심이 있는데 마에스트로의 수업에 앉아 있어도 되겠습니까?"

거절할 이유가 전혀 없었다. 음악에 대한 열정이 있는 한, 내 수업에는 누구라도 환영이다. 나 또한 내게 필요한 강의라고 생각하면 타 대학 캠퍼스로 원정 가기를 서슴지 않고 살아왔다.

배움에 대한 열정과 절실함이 있는데 학생이 아니라고, 자격이 안 된다고 청강을 가로막을 사람은 아무도 없다. 낯선 사람이 자기들 강의실에 한 자리를 차지하고 있어도 학생들도 별 신경을 쓰지 않는다. 배움에서 가장 중요한 것은 자격이나 절차가 아니라 열정이기 때문이다.

이름이 정말 함토벤이오?

나는 지금 음악 대학원 재학생으로 구성된 예일 필하모니아 지휘 감독으로 있지만 1995년부터 2004년까지 학부생 중심으로 이루어진 예일 심포니의 지휘자로도 활동했기 때문에, 음악만을 선택한 아이들과 음악과 함께 다른 가능성을 열어두고 있는 아이들을 고루 관찰할 수 있는 위치에 있다. 재미있는 것은 음악을 '해야 하기 때문에' 하는 대학원 전공 학생들보다는 자기가 좋아하는 음악을 '버리지 못하고' 끼고 사는 학부 학생들이 더 열정적이라는 사실이다.

예일 심포니는 바로 그러한, 음악을 진정 생활의 한 부분으로 껴안고 살아가는 비전공자들로 해서 더욱 빛나는 독특한 조직이다. 창단 자체가 그러하다. 1965년에 학부생들로 구성된 한 실내악단의 열성 멤버 세 사람이 주축이 되어 예일 심포니를 만들었다. 그리하여 40년 가까이 전문성을 쌓아오면서 미국의 가장 대표적인 대학 오케스트라로 인정받고 있다.

대학 오케스트라가 세계 정상급의 음악인들을 협연자로 내세워 공연하는 것은 흔한 일이 아니다. 예일 심포니는 한국의 바이올린 연주자 강동석과의 뉴욕 링컨 센터 공연, 피아니스트 임마뉴엘 엑스와 첼리스트 요요마와의 공연, 소프라노 돈 업쇼와의 카네기 홀 공연 등 국제적으로 명성을 얻고 있는 유수한 프로 연주자들과 협연을 하고 있으며, 레너드 번스타인의 미사곡의 유럽 초연을 맡는 영광을 누리기도 했다. 이들은 유럽 순회 연주, 한국 연주도 여러 차례 했다.

프로 오케스트라를 지휘할 때는 내가 그들에게 나의 영감을 불어넣어주려고 노력하지만, 예일 심포니를 지휘할 때는 오히려 그들로부터 내가 영감을 얻는다. 그들에게는 프로 연주자라면 당연히 갖추고 있을 어떤 기능적인 면이 더러 부족할 수 있다.

그러나 그들은 그 대신에 프로 연주자들에게서 보기 힘든 싱싱한 자발성과 열정을 지녔으며, 바로 그게 내 영감의 원천이다. 숙제가 아무리 많이 쌓여 있어도 악기 들고 달려와 연습에 매달리는 아이들, 바쁜 일과를 쪼개어 음악에 신명을 바치며 행복을 느끼는 아이들. 그 아이들을 보면서 평생 음악을 사랑하고 아끼며 음악의 길을 가는 나조차도 '아, 음악은 그 자체로서 저렇게 좋은 것이구나' 하고 새삼 확인할 때가 많다.

그러나 내가 그들에게 요구하는 것은 철저한 프로 정신이다. 1995년 예일의 부름을 받고 지휘자 겸 음악 대학원 교수로 부임한 이후 나는 지금까지 그 어느 순간에도 예일 심포니 단원들을 아마추어로 대하지 않았다. 어린 학부 학생이라고 해서 너그럽게 봐주기 시작하면 조직의 전문성과 결속력은 언제라도 무너질 수 있다. '지각 두 번이면 결석 한 번, 결석 두 번이면 오케스트라에서 추방' 이라는 연습 참여의 원칙을 세우고, 결코 그 원칙에 예외를 만들지 않는다.

그 어떤 일을 하더라도 아마추어적인 발상으로 임하지 않는다는 것은 바로 내가 자신에게 적용하는 규율이기도 하다. 중고등학교 때, 교회나 그 밖의 장소에서 여러 사람 앞에서 피아노를 쳐야 할 경우가 종종 있었다. 내 실력이 어느 정도였는지는 지금 잘 기억할 수 없지만, 한 가지 분명한 사실은 나는 그 어느 순간에도 쭈뼛거리 며 대충 치지 않았다는 것이다. 까까머리에 낡은 교복을 입고 고물 피아노 앞에 앉았을지언정 나는 둘러앉은 청중을 위해 온 힘을 기 울여 연주했다. 음대에 진학하고 나서 무대 위에서 피아노를 칠 기 회가 생겼을 때도, 나는 내가 학생이라는 생각 자체를 아예 하지 않 았다.

'자, 함신익, 너는 지금 만인의 시선이 집중된 무대 위에 있다. 이 순간 나에게는 누구에게도 뒤지지 않는 나만의 표현이 있어야 된다. 너는 너만의 표현을 저 아래 모든 사람들에게 전달할 능력을 가지고 있다. 너는 프로다!'

대학교 4학년 때 서울의 광운 중학교에 교생 실습을 나갔다. 나 는 그때도 내게 주어진 시간을 그저 '실습 기간'이라고는 결코 생 각하지 않았으며, 남을 잘 가르칠 수 있는 나의 능력을 본격적으로 펼쳐 보일 기회라고 여겼다. 나는 수업 시간에 내 이름이 '함토벤'

이라고 소개했다. 학급 일지를 쓴 학생이 수업 담당 교사 이름 적는 난에 실제로 함토벤이라고 적은 것이 교감 선생님 눈에 띄어 교감 선생님이 부르셨다.

"선생님, 진짜 이름이 함토벤입니까?"

"아닙니다. 저는 음악가로서 베토벤의 뒤를 잇고 싶은 사람이기 때문에 함토벤이라고 불리고 싶습니다."

나는 '베토벤 아저씨'라는 이름을 얻게 되었으며, 한편으로는 꼴찌를 사랑하는 선생님으로도 통했다. 어느 반에 들어가거나 성적이 부진한 학생들에게 더 많은 기회를 주려고 애썼고, '꼴찌가 성적이 오르면 이 반 전체에 맛있는 걸 사주겠다'는 제안으로 반 성적을 올려놓기도 했다. 나는 나만의 독창적인 방법으로 수업을 이끌었으며, 그 누구보다도 열심히 가르치려고 연구하고 노력했다. 그 결과 교생 실습 과정을 마무리하는 시범 수업이 내게 맡겨져 전체 교생을 대표해서 많은 사람들이 지켜보는 가운데 수업을 했다. 한마디로 교생 실습의 전 과정을 나는 적극적으로 즐겼으며, 그 누구보다도 알찬 보람과 경험의 시간으로 만들었다.

이렇듯이 내가 나 자신에게 그 어느 경우에도 아마추어의 잣대를 적용하지 않았기에, 나는 그만큼 노력하고, 도전하고, 나 자신에게 철저해질 수 있었다. 지도자의 입장도 마찬가지라고 생각한다. 내가 그들에게 프로의 잣대를 적용하면 그들은 프로이고, 내가 아마추어의 잣대로 관용을 베풀기 시작할 때 그들은 영원히 아마추어에 머물 수밖에 없다.

윌리엄 메스모어는 졸업을 앞둔 어느 날 나를 찾아와 이렇게 말했다.

"선생님, 10년 후, 20년 후에 제가 맨해튼 한복판 어느 빌딩 꼭대기 층을 차지한 성공한 기업인이 되더라도, 예일 심포니에서의 4년은 영원히 내 삶의 가장 소중한 하이라이트로 간직될 것입니다."

미국 땅에서 가장 똑똑하고 재능 있는 소수에 속하는 예일의 아이들, 그 아이들 삶의 하이라이트에 내가 함께 하기에 예일 캠퍼스에서의 나날은 축복이다.

문제를 지적하는 방법

연주자들의 생활은 훈련과 연습으로 점철된다. 아무리 뛰어난 피아니스트라 하더라도 몇 주 혹은 몇 달간 연습을 안하면 손가락이 굳어 많은 시간을 손가락을 푸는 데 투자를 한 후에야 연주를 할 수 있다. 컴퓨터 프로그래머가 한 달간 휴가를 다녀온 후 전혀 문제없이 일상 업무에 복귀할 수 있는 것과는 아주 대조적이다.

20여 분의 연주회를 위해 지휘자와 연주 단원은 그 열 배 이상의 시간을 연습에 할애한다. 연습 중에 일어나는 연주자의 실수를 지적하고 바로잡는 것도 지휘자가 할 일 중의 하나다.

실수를 지적할 때는 기술적으로 하는 것이 중요하다. 자칫 잘못했다가는 본전도 못 찾고 오히려 목적한 바를 이루지 못할 확률이 많다. 예를 들어 실수를 반복하는 한 연주자를 지목하면서 "내일이 연주인데 아직 그 정도라면 문제가 있습니다"라고 한마디 하면 그 연주자는 물론 전체 연주 단원의 반감을 살 확률이 99퍼센트다. 그 연주자가 기량이 낮아 낸 이상한 소리건 너무 긴장해서 나온 소리건 혹은 음악 실력과 상관없이 악기가 건조하거나 너무 습해서 생긴 '삑사리'건, 암튼 이런 반복된 실수 때문에 연습실 전 단원이 그 연주자에 불만이 많았다 해도 지휘자가 그런 말을 하는 순간 오히려 지휘자를 욕하고 동료 연주자를 동정하게 된다. 그 순간 다른 연주 단원들은 "나도 저 사람처럼 언제 지적당하고 망신당할지 몰라" 하고 동료애를 발동하게 되는 것이다.

그렇다고 지휘자가 문제를 일으키는 단원을 피해가면 성공적인 연주를 이끌어낼 수 없을뿐더러, 단원들 사이에서도 능력 없는 사람으로 낙인찍히게 된다. 그러면 어떻게 연주 단원의 문제를 지적하고 바로잡아야 할까.

지금이야 달라졌겠지만, 내가 한국에서 교육을 받을 때만 해도 학교 시스템과 군대 시스템은 크게 다르지 않았다. 실수를 하면 그에 따르는 벌을 무조건 받는 게 마땅했다.

"네 성적이 반 평균보다 몇 점 떨어지지?"

"10점입니다."

"그럼 열 대 맞아야지?"

"네……."

당시 교실에서 흔하게 볼 수 있는 풍경이었다. 이렇듯 사람의 능력에 상관없이 일률적인 잣대를 대 평가하고 상벌을 주는 것을 당연시하는 문화에서 살아온 내가 처음 미국에 갔을 때 새로웠던 것은, 이곳은 못하고 처지는 사람에게 더 관심을 보인다는 것이었다. 그래서 문제가 있는 사람에게 다가가는 방식도 이를테면 "너는 왜 문제가 있느냐"고 지적하는 것이 아니라 "내가 어떡하면 너의 문제를 도와줄 수 있을까" 하고 먼저 손을 내미는 방식이었다.

지휘자로 막 첫발을 내딛을 때만 해도 나는 칭찬에 인색했다. 아니 어쩌면 연습 중에 틀리는 것을 날카롭게 지적함으로써 내 능력을 인정받으려 했는지도 모른다. 문제를 고쳐나가기 것보다는 오히려 잠재적인 문제를 많이 만들어가고 있었던 것이다.

15년간 이 생활을 해보니 이제야 어떻게 문제를 지적할 것인가에 대한 감이 온다. 그동안의 경험과 시행착오, 반성의 과정을 거쳐 얻은 값진 기술이다.

우선, 첫째로는 잘한 것을 칭찬할 때는 그 사람의 이름을 직접 부르며 무엇을 얼마나 잘했는지를 구체적으로 일러준다. 브람스 곡 연습 시 멋진 솔로를 한 단원에게 "리사 양, 지금 부른 오보 솔로는 베를린 필하모닉에서도 당장 통할 수 있는 멋지고 탁월한 솔로였습니다. 이 곡은 도입 부분이 특히 어려운데 아주 잘 처리를 했군요. 감동적입니다" 하고 칭찬을 한다. 기왕 칭찬을 할 때는 아낌없는 칭찬으로 상대방이 그날을 가장 행복한 날로 기억할 수 있도록 하는 것이다.

둘째, 틀리거나 부족한 것을 발견했을 때는 사람 이름을 직접 부르지 말고 간접적으로 지칭하며, 부정적 어휘가 아닌 긍정적인 어휘를 사용한다. "클라리넷, 두 번째 마디 음정을 조금 올려보면 어떨까요? 현악기들, 클라리넷의 음정 '솔'이 참 어렵습니다. 현악기들이 솔이 들어간 화성 사장조 화음을 내주시면 음정 잡는 데 도움이 되겠네요." 이런 방식으로 이야기를 하는 것이다. 만약 옛날의 나였다면 "클라리넷, 그 음정이 낮네요. 올려주세요" 하고 말했을 것이다. 지적하기는 쉬워도 그것을 고쳐주는 것은 쉽지 않다. 이제 나는 상대방의 입장에서 틀린 것을 고쳐주는 것에 더 많은 열정을 기울여야 함을 안다.

셋째, 만약 단원이나 학생의 행동이 연습이나 수업에 심각한 영향을 주어 그것을 즉시 시정해야 할 때도 기술적으로 처리를 한다. 예를 들어 연습시간에 껌을 씹는 것이 금지되어 있는데 한 학생이 계속 껌을 씹고 있다면(프로 오케스트라에서는 이런 일이 거의 일어나지 않는다) "여러분, 2분만 임시 휴식 시간을 갖겠습니다" 한 뒤 그 학생 가까이 가서 귓속말로 "무대 뒤에서 지금 잠깐 볼 수 있을까?" 하고는 뒤로 나간다. 그리고서는 "니콜라스, 네가 우리의 규정을 잠시 잊은 모양이구나. 껌을 씹고 있는데, 어떻게 된 일이야?" 하고 묻는다. 그 학생은 동료들 앞에서 망신당하지 않았음을 고마워하며 다시는 그런 실수를 하지 않을 것이다. 누군가를 공개적으로 무안 주지 않고 단지 2분간의 휴식을 통해 완전히 분위기를 새롭게 바꿀 수 있는 것이다.

남을 바꾸려면 내 마음의 잣대를 버리고 상대방의 마음속으로 걸어 들어가는 것이 필요하다. 내가 잘못했을 때 남이 어떻게 문제를 지적해주기를 바라는가. 어떻게 고쳐주기를 원하는가. 그것을 생각해보면 내가 남의 문제를 어떻게 지적하고 해결해나갈지도 금방 답이 나온다.

커피숍에서 프로코피에프 완전정복 하기

프로코피에프라는 작곡가가 있다. 피아니스트인 어머니에게서 일찍부터 음악 교육을 받아 5세에 이미 작곡을 하는 조숙한 능력을 보인 그는 일곱 개의 교향곡과 다섯 개의 피아노 협주곡, 두 개의 바이올린 협주곡, 한 개의 첼로 협주곡, 유명한 〈피터와 늑대〉를 비롯한 각종 모음곡, 영화를 위한 음악, 그리고 합창과 오케스트라를 위한 곡 등 다양한 작품을 남긴 러시아의 걸출한 음악가다.

2008년 초에 새해 계획을 구상하면서 프로코피에프의 작품으로만 구성된 프로그램을 해보면 어떨까 하는 생각이 들었다. 이 기회에 이 작곡가를 좀 더 알고 싶었고, 연주 준비를 하면서 많은 연구 자료와 문헌을 탐독하여 '프로코피에프 완전정복'을 하리라 마음먹었다.

이렇듯 거창한 계획을 세워놓고 각종 참고 문헌과 자료들을 도서관에서 잔뜩 빌려다 서재에 쌓아놓았다. 하지만 프로젝트가 거창할수록 시작이 어려운 법, 책상 위에 수북이 쌓인 책과 자료들을 바라보기만 하고 정작 실행에 옮기지 못하는 날이 거듭되었다.

프로토피에프가 만든 작품 중 1917년의 〈고전 교향곡〉, 1931년의 〈피아노 협주곡 4번-왼손을 위한 협주곡〉 그리고 1936년에 작곡한 〈로미오와 줄리엣〉을 정해놓았다. 이전에 공부는 해본 곡이지만 심도 있게 다시 악보를 꼼꼼히 들여다보아야 했다. 이런 프로그램을 준비하려면 최소한 하루에 네 시간씩 4주 이상은 몰두해야 한다.

누구나 경험해보았겠지만 때로는 아무런 생산성 없이 그냥 시간이 지나가는 것을 안타깝게 보기만 하는 경우가 있다. 집 서재가 아무리 조용하고 학교 연구실에 최첨단 시설과 스타인웨이 피아노가 두 대나 있어도 집중이 안 될 때는 어쩔 수가 없다.

연주가 한 달 앞으로 다가오자 더 이상 지체할 수가 없었다. 발등에 불이 떨어진 것이다. 나는 시간을 정해 놓고 하루에 최소한 다섯 시간씩 프로코피에프를 공부하기로 작정했다. 연주 스케줄에 프로코피에프 말고 다른 프로그램도 잡혀있기 때문에 집중력 있게 준비하는 것이 필요했다. 어디서 공부를 할까 궁리하던 나는 문득 딸 멜로디가 동네 스타벅스에서 공부를 하던 것이 생각났다. 멜로디는 가끔 숙제를 할 때도 그곳을 이용하여, 내가 운전하여 데려다 준 적이 있다. 집 근처의 베이글 빵집에서도 대학생들이 공부하던 것이 생각났다. 그곳은 아예 널찍한 테이블에 탁상용 램프와 인터넷 연결을 위한 코드까지 장착되어 있었다.

학교 연구실도 집의 서재에서도 공부가 손에 잡히지 않으면 장소를 바꿔보면 어떨까, 하고 생각했다. 강의나 오케스트라 연습이 없을 때면 부지런히 집 근처의 베이글 빵집으로 와서 넓은 테이블을 확보한 후 악보와 참고 자료들을 꺼내놓았다. 진한 커피 한 잔과 베이글을 옆에 놓고 공부를 시작하니 머리에 쏙쏙 들어오는 게 아닌가. 한 이삼일 이렇게 공부를 하고 있으려니 매니저가 테이블로 걸어왔다. '아! 내가 너무 오래 테이블을 차지하고 있었구나!' 하는 생각이 들어 그에게 미안하다는 말을 하려고 하니 그는 오히려 "저는 이 빵집의 매니저인 아우렐리오입니다. 이탈리아의 베로나가 고향이지요. 당신이 공부에 몰두하는 것이 너무 보기 좋아 살짝 엿보니 음악을 하시는 것 같습니다. 무슨 음악을 하시는지요?" 하고 물었다. 나는 내 소개를 하고 "이곳에서 공부하는 것이 참 좋습니다. 빵 굽는 냄새와 커피 향이 어우러진 곳에서 악보를 보니 머리에 잘 들어오는군요!" 하고 그의 가게를 추켜세웠다.

아우렐리오는 "저도 어렸을 적에 고향인 이탈리아에서 음악과 함께 자라고 음악을 즐기며 살아왔는데 미국에 와서는 빵만 정신없이 굽다 보니 음악을 즐길 시간이 없었습니다. 당신을 만나게 되어 정말 영광입니다" 하였다. 나는 "당신을 나의 연주에 초대하겠습니다. 시간이 나신다면 다음 프로코피에프 연주회에 모시겠습니다" 하고 말했다. 그러자 그는 반색을 하며 "우리 사장님도 초청할 수 있습니까?" 하였고, 나는 "물론이지요. 저의 연주 준비에 도움을 주신 베이글 냄새의 주인공들을 모두 초청하겠습니다" 하고 화답했다.

그 다음날부터 나는 그 빵집의 브이아이피가 되었고 아우렐리오로부터 이탈리아어에 관한 중요한 레슨을 받기도 했다. 프로코피에프의 〈로미오와 줄리엣〉에 나오는 이탈리아어가 내가 평소에 생각했던 것보다 훨씬 다양한 의미를 가지고 있음을 그로부터 배우게 되었다.

하지만 그 빵집에서 배운 더 큰 것은, 공부는 연구실이나 도서관에서만 하는 것이 아니라는 것이다. '정신일도 하사불성' 문구를 머리에 띠로 두르고 오기로 파고드는 것만이 공부의 전부라고 생각했던 내게 이런 작은 일탈은 신선을 가르침을 안겨주었다.

딸 멜로디가 처음에 커피숍에서 공부를 한다고 했을 때, 그런 곳에서 어떻게 공부가 되겠느냐고 의아해했던 나였는데 이젠 내가 동네 빵집의 테이블을 터줏대감처럼 차지하고 공부하는 사람이 되었으니, 사람이 변하는 것은 끝이 없다. 배움도 끝이 없다.

4장

마지막에 웃는 사람이 승자다

학벌은 우리 인생에서 아주 작은 부분을 차지할 뿐이다. 어디에 있든 그곳에서 필요한 양분을 얻고 양껏 자랄 수 있다면 그곳이 바로 자기에게는 최고의 일류 학교가 되는 것이다.

노래하는 지휘자

　　　쑥스럽지만 나는 제법 좋은 목소리를 타고났다.

웨스트민스터 합창 학교의 여름 캠프에 참가해서 로버트 쇼의 지휘 마스터 클래스에 들어갔을 때의 일이다. 쉬는 시간에 피아노 앞에 혼자 앉아 이 노래 저 노래를 치다가 나도 모르게 노래를 불렀다.

"아베마리아……."

그때 교회음악과 과장인 여자 선생님이 그 교실 앞을 지나가다가 들어왔다.

"정말 감동적인 노래군요. 당신이 내년에 이 캠프에 다시 오면 내년에도 이 노래를 다시 한 번 들려줄 수 있겠습니까?"

"저는 이번 토요일에 캠프를 마치고 돌아가면 내년에는 여기 오지 않을 겁니다. 제 노래를 듣고 싶으시다면, 제가 여기 머무는 동안에 다시 들려드리겠습니다. 시간이 나실 때에 저를 부르십시오."

나는 금요일에 그분의 사무실에 가서 차를 한 잔 대접받았다. 앞으로의 계획이며 소망에 대해 묻기에 내 나름대로 진지한 대답을 하고 노래 두 곡을 정성을 다해 불렀다. 내 노래를 듣고 나서 그분은 눈물을 흘리며 말했다.

"당신의 음악에는 살아있는 혼이 들어 있습니다. 내가 이 노래를 우리 학교 성악 전공생을 통해 수백 번을 들어왔지만, 이렇게 마음을 움직이는 노래는 처음 듣습니다."

다음해에 그 근처를 지나가는 길에 나는 일부러 웨스트민스터 합창 학교의 교회음악과 사무실로 그분을 찾아갔다. 그러나 그분은 이미 이 세상 사람이 아니었다. 사무실 직원의 이야기로는 그 전해에 암으로 세상을 떠났다고 했다.

그분의 영혼이 너무나도 큰 슬픔과 외로움에 젖어 있었기에 내 노래를 듣고 그토록 감동받았던 것일까. 나는 내 음악이 죽음을 앞둔 사람의 황량한 가슴을 조금이나마 녹이고 위로해주었다는 사실에 음악이 이 세상에 존재해야 하는 이유를 새삼 깨달을 수 있었다.

라이스 대학 시절에 내게 사랑을 듬뿍 주셨던 스승으로 성악과의 소프라노 재닛 롬바드 선생님이 계시다. 지휘 전공 학생이 필수로 택해야 하는 1학기 성악 코스에서 "너는 성악가로서 대성할 재목이다. 계속해서 지휘와 함께 성악 공부를 병행하라"고 진지하게 권고하시던 모습이 떠오른다. 선생님의 권유에 힘입어 나는 복수 전공의 형식으로 세 학기 동안 본격적인 전공 실기 성악 수업을 받았다.

롬바드 선생님은 먼 나라에서 온 나를 친자식처럼 보살펴주신 분이기도 하다. 한 번은 내가 심한 몸살을 앓고 있을 때 밖에 인기척이 있어서 나가보니, 누군가가 따뜻한 수프를 식지 않게 잘 싸서 문

앞에 놔두고 갔다. 혼자 사는 사람은 아픈 몸을 일으켜 한 끼 식사를 마련할 때 가장 처량하고 서글퍼진다. 나는 그 수프를 한 숟갈 뜨면서 혼자 앓고 있는 지금의 내 처지를 헤아려준 이 고마운 사람이 과연 누구일까 한없이 궁금해졌다. 나중에 그 주인공이 롬바드 선생님임을 알게 되었을 때 얼마나 감사했는지.

롬바드 선생님은 그 뒤로도 때때로 아무 말 없이 기숙사 프런트에 나를 위해 음식을 맡겨놓고 가시고, 쓸쓸한 명절이면 집으로 초대하여 가족이 모인 따뜻한 분위기에서 식사를 할 수 있도록 배려해주셨다. 내가 결혼을 하게 되자, 선생님은 마치 아들을 짝지어주는 어머니처럼 기뻐하였고 결혼식에서 축가를 불러주셨다.

나도 남의 결혼식에서 축가를 불러준 일이 있다. 롬바드 선생님의 수업이 인연이 되어 생긴 일이다. 하루는 성악 레슨을 끝내고 나오는데, 평소에 안면이 있는 학생 하나가 자기 결혼식에 와서 축가를 불러달라고 했다. 처음에 복도를 지나가다가 내 노랫소리를 들었으며, 나중에는 내 노래를 듣고 싶어 롬바드 선생님 방 밖에 붙어 있는 게시판의 레슨 시간표에서 내 시간을 확인하여 시간 맞춰 복도에 서서 듣곤 했다는 것이다. 쉬럴이라는 이름의 여학생이었는데, 나는 즐거운 마음으로 결혼 예식에서 그녀가 부탁한 노래를 불러주었다. 내 목소리를 원하는 사람이 있다는 것은 언제나 즐거운 일이다.

롬바드 선생님 덕분에 성악의 기본기를 갖추게 된 것을 나는 두고두고 감사하게 생각한다. 사실 모든 악기는 사람의 목소리에서 비롯되었다. 인간이 인간의 목소리보다 좀 더 화려한 소리, 차가운

노래는 때로 낯선 연주자들과 나 사이에 정서적 유대의 실마리를 제공해준다. 좀더 진하고 애틋한 연주를 원할 때 나는 가끔 지휘를 멈추고 내가 바라는 모든 요소를 목소리에 실어서 정성껏 노래 부른다.

소리, 섬세한 소리, 더 높은 음역의 소리, 더 낮은 음역의 소리를 구사하고 싶어서 만들어낸 게 악기 아닌가. 오케스트라의 다양한 악기들이 저마다 가장 아름답게 노래할 수 있도록 이끌어주는 게 지휘자의 역할이기에, 목소리에 대한 이해는 깊으면 깊을수록 도움이 된다는 것을 시시때때로 느낀다.

객원 지휘를 위해 유럽에 가서 의사소통이 잘 안 되는 낯선 단원들과 마주했을 때는 더욱더 노래에 의존한다. 노래는 때로 그들과 나 사이에 정서적 유대의 실마리를 제공해준다. 이를테면 클라리넷 솔로 부분에서 클라리넷 연주자가 가볍게 흘려버리는 패시지를 좀 더 진하고 애틋한 감정으로 물들이고 싶을 때, 나는 지휘를 멈추고 손짓으로 클라리넷 주자가 나를 주목하게 한다. 그리고는 내가 바라는 모든 요소를 목소리에 실어서 정성껏 노래를 부른다.

브람스의 〈제4번 교향곡〉의 도입부, 고독과 체념이 응축된 한숨 같은 바이올린 선율은 그 어떤 단어를 동원해도 단원들에게 나의 해석을 전달하는 데에 부족하다. 프레이즈마다 어떻게 다른 색깔을 내야 할지, 활은 어떻게 써야 할지, 제1바이올린, 제2바이올린을 번갈아가며 여러 디테일에 대해 조정하고 합의해도 끝내 채워지지 않는 어떤 빈 곳이 있다.

그것은 바로 브람스적인, 참으로 브람스적인 휴머니티다. 같은 리듬에 되풀이해서 실리는 단순한 선율 안에 음과 양을, 높음과 낮음을, 선과 악을 아우르며 마침내 그 양자를 초월하는 휴머니티다(브람스의 〈제4번 교향곡〉 1악장의 도입부를 두 눈을 감고 음미해보시기 바란다. 이 곡을 몰라서 궁금하신 분이라면, 이 기회에 CD를 한 장 장만하여 내 말의 의미를 직접 느껴보는 것도 좋으리라).

손을 들어 연주를 멈추게 한 후 나는 노래한다. 그것은 편의상 내가 강조하고 싶은 점들만을 잘 드러내 보여주기 위한 약식 노래가 아니다. 내 전 존재를 실어 일구어낸 영감을 고스란히 단원들에게 불어넣어주는 노래를 부른다.

폴란드 국립 오페라와 베르디의 오페라 〈라 트라비아타〉의 리허설을 할 때의 일이다. 바리톤이 부르는 퇴역 대령 조르지오의 아리아 중에 "피앙제, 아, 피앙제(비통함이여, 아, 비통함이여)"라는 부분이 있는데 그 역할을 맡은 가수가 곡의 분위기를 제대로 살려내지 못했다. 그의 아리아가 끝난 후 나는 모두 연주를 멈추게 하고 만족스럽지 못했던 부분에 나의 적극적인 해석을 반영하여 노래를 불렀다. 한순간 오케스트라와 출연 성악가들과 지휘자인 나 사이에 완벽한 감정의 공감대가 이루어졌다. 100가지 단어를 늘어놓는 것보다 더 효과적이고 즉각적인, 기분 좋은 화합이었다. 오케스트라 단원들은 갑자기 박수를 치면서 내게 농담을 걸어왔다.

"마에스트로, 당신이 올라가서 하세요. 당신이 더 잘 부릅니다!"

나의 노래는 이렇듯이 지휘봉과는 아주 다른 방식으로 단원들과 나 사이에 다리를 놓아주며, 때로는 성악가 앞에서도 꽤 설득력을 발휘한다. 노래는 리허설에서 가장 효과적인 나의 대화 수단이며, 세계 어느 나라 연주자를 향해서도 언제라도 활짝 열 수 있는 내 마음의 창문이다.

콘서트 리허설 구경하러 오세요

음악회를 즐겨 찾는 사람이라면 때로 시간이 날 때 리허설을 한 번 정도는 관람해보라고 권하고 싶다. 총연습 때 와서 우리가 피아니시모(아주 작게)의 아주 작은 패시지 하나를 완벽하게 만들어내기 위해 얼마나 표현을 가다듬고 공을 들이는지를 바라보는 것은 음악 감상에도 도움이 되는 신선한 경험이 될 것이다. 실제로 미국에서는 최종 리허설을 정규 공연보다 싼 입장료를 받고 공개하는 경우가 많다.

실제 공연에서, 우리는 그렇게 갈고 닦은 패시지를 이제야말로 최선을 다해 아름답게 뽑아내려고 숨을 죽인다. 그 순간 객석에서 핸드폰이 울리거나 기침이 터지면 정말 안타깝다. 감기로 터져 나오는 기침은 어쩔 수 없다고 여길지도 모른다. 그러나 나도 심한 감기에 걸린 채 지휘할 때가 있지만 지휘하면서 기침하는 적은 없다. 긴장한 순간에 하품하는 사람이 없듯이, 긴장하면 기침도 안 나온다.

오케스트라의 지휘자에게는 "내일 10시부터 연습한다"는 식의 계획은 무의미하다. 오전 10시부터 1시까지가 연습이라면 10시에 베토벤 교향곡 9번의 3악장, 10시 40분부터 2악장, 11시 15분부터 휴식, 11시 30분부터 피아노 협주곡……. 이런 식의 시간 단위 계획을 세워놓아야 한다.

나의 스승 도널드 뉴엔 교수는 리허설의 전 과정에 걸쳐서 이보다도 더 상세한 '분 단위' 스케줄을 짜놓고 지키는 분으로 유명하다. 이를테면 점심시간 이후 오후 1시부터 1시 7분까지 몇 악장의 몇 마디부터 몇 마디까지, 1시 7분부터 10분까지 몇 악장의 몇 마디부터 몇 마디 하는 식이었다. 주어진 연습 시간을 가장 효율성 있게 사용하기 위해 그런 방법을 고안하셨던 것이다. 나는 비록 이 정도는 아니지만, 정밀한 계획을 세우고 거기에 따라 주도면밀하게 리허설을 진행하는 점에서 그분의 리허설 테크닉에서 많은 영향을 받았다.

우스갯소리를 하자면, 지휘자의 연습 시간표에 지휘자보다 더 관심을 기울이는 사람이 있다. 바로 타악기나 관악기처럼 악장에 따라 부분적으로 연주하는 단원들이다. 3,4악장에 활약이 집중되어 있는 팀파니 주자라면 자기가 연주할 부분이 전혀 없는 1,2악장 연습에 나와서 우두커니 앉아 있을 필요가 없다고 생각하기 때문이다. 그러나 자신이 연주할 부분이 없으면 당연히 연습에 빠져도 되는 것은 아니다. 지휘자의 양해가 있을 때에만 자리를 비울 수 있다. 곡을 전반적으로 훑어가며 흐름을 익혀야 할 날이라면, 지휘자의 판단에 따라 모든 단원이 전 악장 참여하게 할 수도 있다.

나는 연습 분위기가 좀 더 재미있고 화기애애하게 되도록 애쓰는

나는 연습할 때는 주로 앉아서 한다. 음악을 끌어내는 데에 필요한 최소한의 동작만 유지하면서, 모든 신경을 듣는 일에 집중한다.

편이다.

"여러분께서는 이제 이 세상에서 가장 확실하고도 경이로운 순간을 목격하게 됩니다. 28번째 마디를 보실 것 같으면, 클라리넷과 오보에가 이루는 멋진 조화 속에 현악기들이 어우러집니다. 그때의 그 부드럽고 감미로운 소리에 온 세상은 울고 말 것입니다. 여러분들은 이 순간에 가장 감정이 풍부하고 눈물이 날 정도로 아름다운 소리를 내주셔야 합니다."

말러의 교향곡에서 너무나도 감동이 진하게 흘러나와야 할 부분을 연습하는데, 내가 원하는 만큼 단원들이 감정을 고조시켜주지 않을 때, 나는 심각한 주문을 반복하기보다는 분위기를 반전시키기 위해 이런 이야기를 시작한다.

"비엔나에 M으로 시작하는 작곡가 두 명이 살았습니다. 한 사람은 모차르트였고, 또 한 사람은 오늘 우리가 연습하고 있는 말러입니다. 모차르트는 슬픈 멜로디, 슬픈 음악적 표현에서도 행복한 햇살을 비추어줄 때가 있지만, 말러는 눈물이 나는 슬픔이며 눈물이

나는 기쁨입니다. 그런 감동의 차이를 우리 함께 느껴봅시다."

실수를 거듭하는 단원이 있더라도 지휘자는 인내심과 여유를 가지고 분위기를 이끌어 나가야 한다. 이를테면 바이올린 파트에서 어느 한 사람이 자꾸 같은 실수를 반복한다고 해도, 곧바로 그 사람만을 지적하여 이야기하는 것은 되도록 피하여야 한다. 사실 음악을 만들어나가는 동안은 나나 단원들이나 극심한 긴장 속에 서로 가장 예민한 귀를 열어 놓고 있기 때문에, 어떤 면에서는 참을성이 평소보다 턱없이 부족하고 신경질을 내기 쉬운 상태이다. '왜 틀려, 이제 그만 틀려, 몇 번째난 말이야, 그래 가지고 음악으로 밥 먹고 산다고 말할 수 있겠어?'와 같은 질타의 말이 내 안에서 솟구친다. 그러나 그런 순간 내 삶의 경험은 유머를 만들어낸다.

"지금 우리는 세상에서 가장 어려운 시간을 겪고 있습니다. 이제 계속해서 틀리고 계신 분들을 위해서 우리 속으로 기도해 드립시다. 다음번에 틀리지 않게 해달라고. 그래도 다시 틀리신다면 저는 그분께 오늘 점심을 사 드리겠습니다."

"제1바이올린 연주자 중에 한 분이 오늘 좀 피곤하신가 봅니다. 잘 안 되십니까? 내일은 이 부분에서 오늘보다 훨씬 더 아름다운 소리를 듣게 해주시겠죠?"

표현은 완곡하게 하되, 누가 어디서 잘 안 되고 있는지 지휘자는 정확히 알고 있다는 사실을 당사자가 분명히 느끼게 만들어야 한다.

나는 연습할 때는 종종 앉아서 한다. 음악을 끌어내는 데에 필요한 최소한의 동작만 유지하면서, 모든 신경을 듣는 일에 집중한다. 그래야 무대에 섰을 때 리허설에서 전혀 보여주지 않았던 열정적인 몸짓으로 단원들의 분위기를 고양시키고 영감을 불어넣을 수 있다. 단원들 쪽에서도 리허설에서는 많은 음악적 지시 사항을 소화해서 음악을 만들어나가고, 옆 사람과 소리의 균형감도 맞추어 나가는 일에 골몰한다. 그러나 일단 무대에 올라 연주가 시작되면 지휘자의 조그마한 표현에도 아주 민감하게 반응한다.

잘 닦아놓은 음악적 내용에 열정과 영감이 성공적으로 더해질 때, 청중은 감동한다. 감정의 교감에 실패한 연주는 메마른 연주다. 리허설보다도 훨씬 풍요로워진 무대 연주를 위해, 리허설에서의 내 목소리는 더욱 극적으로 천국과 지옥 사이를 오가야 한다.

특히나 객원 지휘자로 초청받아 낯선 오케스트라 단원들을 마주하여 주어진 리허설 스케줄을 거치며 음악을 완성해가는 작업은 어찌 보면 수행하는 수도승 같은 과정이다. 그러나 팽팽한 긴장 속에 서로 신랄하게 잡아당기고 끌어당기며, 때로는 복싱과도 같은 난타전도 벌이면서 우리가 추구했던 최선의 것에 도달했을 때, 나는 통쾌감을 넘어서 환희를 느끼게 된다.

나의 무대 인사법

나는 군림하는 스타일의 무대 매너를 좋아하지 않는다. 단원과 청중 앞에 군림하는 지휘자는 제왕처럼 걸어나와 지휘단에 올라서서 인사하고, 우레와 같은 박수 소리를 들으며 다소 거만하게 돌아서서 지휘봉을 든다. 그런 지휘자는 청중을 향해 인사를 할 때도 '여러분, 와주셔서 감사합니다'가 아니라 왠지 고압적으로 '잘 들어!'라고 명령하는 듯한 모습으로 느껴진다.

대부분의 지휘자는 지휘단에 올라서서 인사를 하고, 연주 후에도 지휘단에서 내려오기 전에 돌아서서 인사를 한다. 나는 좀 색다른 인사법을 가진 지휘자다. 무대로 나가면서 악장하고 악수를 하고, 그 옆에 나란히 선 채로 청중을 향해 인사를 하고 지휘단에 오른다. 연주가 끝나고 나면 다시 지휘단에서 내려와 악장의 옆으로 걸어 들어가서 청중을 향해 인사한다. 오케스트라의 일원으로서 청중에게 인사를 하고 박수를 받는 것이지 오케스트라의 대표로서 인사하고 박수 받는 것이 아니라는 게 내 생각이다.

오케스트라 단원들은 무대 위에 올라가면 부채꼴로 펼쳐진 배열

을 하고 앉는다. 그들이 일어서서 그대로 인사를 하면 왼쪽과 오른쪽 가장자리에 자리 잡은 바이올린과 첼로 연주자들은 비스듬히 서서 옆모습만 보이며 인사하게 된다. 혹시라도 지휘자가 돌아서지 않은 상태로 지휘단에 서 있다면, 그들의 인사를 청중이 아닌 지휘자가 받는 꼴이 되어버린다. 지휘자가 함께 돌아서서 인사를 한다고 해도 박수의 주인공은 지휘자가 되어버린다. 지휘자란 청중과 단원에게 '서빙'하는 사람이라고 믿는 나에게 그것은 옳은 인사법

이 아니다. 나는 연주하는 동안 지휘자를 향해 각도를 틀어 앉았던 좌우 가장자리의 바이올린·첼로 연주자들로 하여금 몸을 돌려 반듯이 청중을 향하게 하고, 나도 돌아서서 청중에게 인사를 한다. 이렇게 하면 연주한 모든 사람들이 함께 주인공이 되어 박수를 받을 수 있다.

나는 무대에 오른 오케스트라 연주자 한 사람, 한 사람이 모두 주인공이라고 여기기에 그들의 무대 위 차림새와 행동에 대해서도 남

달리 신경을 쓰는 편이다.

"무대 위에서는 웃으십시오. 손님처럼 행동하지 마십시오. 연주가 시작되기 전에 옆 사람과 소곤소곤 이야기하지 마십시오. 구두를 깨끗이 닦아 신으십시오."

외국에도 전통 있는 오케스트라일수록 껌 씹지 말 것, 다리 꼬지 말 것, 머리에 도드라진 헤어밴드 하지 말 것 등 사소한 규칙이 정해져 있고 단원들이 이를 지킨다.

'서빙'하는 지휘자의 자세를 내게 심어주신 분은 이스트만의 도널드 뉴엔 선생님이다. 그분은 '지휘자는 종(servant)이다'라는 말씀을 종종 하셨다. 지휘자는 단원에게, 청중에게, 작곡가에게 그리고 음악 자체에게 종노릇을 하겠다는 자세로 음악을 하고, 무대에 올라야 한다는 말씀이다. 내 무대 인사법은 바로 선생님의 그런 지휘자관의 반영이다.

한밤중에 나이아가라로 달려가는 남자

이스트만 유학 시절에 지휘과 학생들이 실제로 지휘봉을 들고 오케스트라를 지휘할 수 있는 시간이 일주일에 20분밖에 없었다는 이야기는 앞에서 했다. 도저히 그 정도로는 프로 지휘자가 되는 데에 필요한 경험을 쌓을 수 없다고 생각했기에 마침내 내 스스로 나서서 깁스 오케스트라를 만들기에 이르렀지만, 그 짧은 20분의 정규 실습을 위한 준비도 결코 가벼운 것은 아니었다.

나는 어느 한 부분 빠짐없이 자신 있게 지휘할 수 있도록 늘 곡 전체를 완벽하게 숙지하고 수업에 들어갔다. 물론 나에게 곡 전체를 지휘할 시간이 허락되는 것은 아니었다. 정작 지휘대에 올라가서는 내게 할당된 시간이 너무 짧아서 교수가 지정해주는 일부분만을 연주하고 내려와야 했다. 그러나 나는 그럴수록 더욱더 준비를 철저히 해야 한다고 생각했다. 준비가 부족하면 겨우 일주일에 한 번 주어지는 그 짧은 기회마저도 헛되이 흘려버리게 될 수도 있기 때문이다.

나는 곡을 완벽하게 외우는 것만으로도 모자라다고 느껴서 곡 전체의 목관, 금관, 현악의 구조를 따로따로 분리하여 피아노로 연주해보고, 다시 다 합쳐서 피아노 건반에 압축하여 옮겨 보았다. 지휘자의 음악 만들기에서 피아노는 아주 긴요한 도구가 된다. 혼자 피아노만으로 악곡 전체의 스케치를 완성해놓아야, 실제로 오케스트라를 지휘하면서 각각의 악기들로 하여금 그 스케치를 채색해나가게 만들 수 있다. 피아노로 스케치를 해나가는 과정에서 나는 끊임없이 악보 속의 세계가 오케스트라로 실현되는 과정을 상상하고 느낀다. 이것이 악보 공부의 진수다.

나는 거기서 그치지 않고 내 피아노 연주를 카세트테이프에 모두 녹음해서 되풀이해 들었다. 내가 직접 곡 전체를 완전히 파악하여 피아노로 표현한 것이므로, 이 음악을 되풀이해서 듣는 것이 그 어떤 유명 지휘자와 유명 교향악단의 연주를 음반으로 듣는 것보다도 더 효과적인 공부가 된다는 것을 나는 경험으로 알고 있었다. 그래서 언제나 지휘 과제가 주어지면 이와 같은 방법으로 준비를 하곤 했다. 내 피아노 연주를 들으면서 프레이즈 하나하나를 섬세하게 되새기다 보면, 오케스트라를 통해 그것들을 어떻게 변화시켜야 할지 내 해석과 상상력이 더욱 풍부하게 발전해나갔다.

모차르트의 교향곡 40번을 공부할 때의 일이다. 집에서 내 피아노 연주 테이프를 듣는데, 문득 내 자신을 좀 더 드높은 음악적 집중과 긴장으로 몰아가고 싶다는 욕구가 내면에서 강하게 솟구쳐 올랐다. 나는 망설임 없이 자리에서 일어나 녹음기에서 테이프를 꺼내들고 밖으로 나와 차를 몰고 나이아가라 폭포로 향했다. 로체스터의 우리 집에서 나이아가라 폭포까지는 차로 세 시간 거리이니 왕복 여섯 시간, 30분짜리 내 피아노 연주 테이프를 열두 번 들을 수 있는 시간이다. 운전대를 잡고 홀로 질주하는 나만의 시간! 그것은 내가 기대했던 것 이상의 환상적인 집중력을 허락해주었다.

나이아가라 폭포 앞에 머문 시간은 또 얼마나 나 자신을 고양시켜 주었던가. 1분에 수십만 톤의 물이 거품을 품고 소용돌이치다가 수십 미터 아래의 바위로 떨어지며 일으키는 굉음과 물보라에 귀와 눈이 먹먹해지면서 나는 하나님이 지으신 세계에 대한 새삼스러운 외경심이 솟구치는 것을 느꼈다.

그날 이후로 나는 답답해지거나 재충전이 필요할 때, 일상의 공간을 벗어나 나이아가라 폭포로 달리곤 했다. 내가 떠나고 싶으면 언제라도 훌쩍 집을 나와 그곳을 향해 달렸다. 저녁 7시에 출발하여 새벽 2시에 돌아온 적도 있었다.

누구나 자기만의 공부 방법이나 독특한 습관을 가지고 있다. 항상 일정한 자기 스타일을 유지하는 사람이 있는가 하면, 이렇게 저렇게 변화를 주어가며 마음을 다잡는 유형도 있다. 나의 경우는 어쩌다 한 번씩 아주 격렬하게 내 스스로를 채찍질하는 순간이 필요한데, 나이아가라 폭포를 향한 한밤의 드라이브가 바로 그런 욕구의 표현이다.

악보와의 기나긴 맞대면을 통해 음악이 거의 다 완성되어 오케스트라와의 첫 연습이 다가오는 무렵에는 엉뚱하게도 일부러 혼잡한 장소로 뛰어들고 싶은 충동을 느낄 때가 있다. 그럴 때는 학교 앞

공원이나 다운타운 광장에 나가 앉거나, 목적지도 없이 버스에 올라타서 악보를 편다. 심지어는 시끌벅적한 학교 카페테리아에서 간단히 요기를 하고 그대로 눌러 앉아 악보를 펴기도 한다. 이럴 때는 스피커가 대중음악을 쾅쾅 쏟아내고 있어도 오히려 집중력이 좋아져서 작품 세계에 푹 빠져들 수 있으니 신기한 일이다. 그렇지만 귀에 록 음악을 꽂은 채 공부하는 요즘 신세대의 수준에 이른 것은 결코 아니다.

화두를 던져라

나는 지휘자의 소질을 많이 갖추고 있다는 것을 어렸을 적 삼양동 교회 어린이 성가대를 지휘하면서부터 알았다.

새로 연습해야 할 찬송가 한 곡을 펼쳤을 때, 그 노래가 가장 내 마음에 드는 상태로 내 안에 들어와 자리 잡는 것을 느꼈다. 손을 들어 지휘를 시작하면, 나는 들려오는 소리에서 무엇을 어떻게 바꾸고 어느 부분을 다듬으면 내 마음속의 노래와 일치할지를 알아낼 수 있었다.

음악을 들을 때 그 음악을 이루는 여러 요소들을 놓치지 않고 감지할 수 있는 귀를 가졌다는 것도 그때 알았다. 아이들 하나하나의 발성, 발음, 목소리의 색채, 악상 처리를 나는 어렵지 않게 구별하여 느낄 수 있었다.

물론 아이들의 노래가 내 마음속의 노래와 일치할 때까지 아이들을 이끌어나가는 데에는 인내심이 필요했다. 내 의도를 연주자에게 간단하고 정확하게 전달하는 요령도 필요했다. 내 의도를 영민하게 잘 헤아리는 아이와 전혀 말을 못 알아듣는 아이를 다 함께 이끌어

가려면 관용과 여유, 유머도 필요했다.

위에 꼽아본 것들이 지휘자에게 요구되는 가장 기본적인 자질과 품성이다. 그 외에 더 갖추어야 할 것은 지혜다. 똑똑하고 영리하기만 해서는 오케스트라를 이끌어나가기 어렵다. 지휘자에게는 똑똑함과 영리함을 넘어서는 지혜가 충분해야 한다. 여기서 지혜란 1 더하기 1이 3이라고 주장하는 사람에게 그 답이 왜 2가 되는지를 가르치는 방법을 아는 것을 말한다. 1 더하기 1은 3이 아니라 2라는 사실을 내가 알고 있다는 것 자체가 지혜가 될 수는 없다. 그건 똑똑함일 뿐이다.

지휘자에게는 도전 의식도 필요하다. 스스로 도전 의식을 가지고 있을 뿐더러, 단원들에게도 도전 의욕을 불어넣어 줄 수 있어야 한다. 그러기 위해서는 그들이 무엇을 생각하고 있는지를 정확히 알고 이해해서 거기에 맞는 처방을 내릴 수 있어야 한다. 그런 점에서 지휘자는 오케스트라의 주치의라고 할 수 있다. 이런저런 시험과 조사, 검사를 통해서 이 환자의 정확한 문제점을 빨리 풀어주는 것, 이 오케스트라에 지금 가장 필요한 것이 무엇인지, 문제가 무엇인지 정확하게 원인을 짚어 고쳐나가는 것, 그것이 중요하다.

음악이란 꿈꾸지 못할 꿈을 실현하는 과정이기에 지휘자의 음악 만들기에는 풍부한 영감도 필요하며, 아름다운 순간을 음미할 수 있는 여유도 필요하다. 나는 차를 타고 지나가다가 차창 밖으로 멀리 산의 멋진 능선이 시야에 들어올 때, 차를 멈춰 세우고 내려서 그때의 감흥을 내 마음속에 한 장의 사진, 한 폭의 병풍으로 갈무리

해둔다. 단원들이 내가 표현하고자 하는 소리의 느낌에 대해 공감하지 못할 때, 이렇게 갈무리해두었던 것들이 의사소통에 도움을 준다.

표현력 또한 풍부해야 한다. 한 프레이즈의 표현을 위해 수십 명단원의 정서를 한 방향으로 통합시키려면 나의 느낌을 정확하고도 자세히 묘사해야 하며, 때로는 그들이 상상력을 집중할 '화두'를 제시해주어야 한다.

'아지랑이가 아른거리는 아스팔트 위에 멋지게 나비가 날아갑니다.'

'저 하늘에서 날아온 한 마리 새의 울음소리입니다.'

상황과 동떨어진 채 적어놓으니 다소 유치하게 보이지만, 음악을 함께 만들어나가는 어떤 순간에는 이런 한 마디가 아주 정확하게 정서 코드를 짚어줄 수가 있다. 그래서 때로는 말을 유창하게 잘하는 것보다 내 느낌을 가장 핵심적으로 표현할 수 있는 단어 하나를 찾아내는 일이 더 중요하다. 이를테면 '눈물이 나는 아름다움(tearful beauty)' 같은 하나의 키워드가 어떤 장황한 설명보다도 내 의도를 효과적으로 단원들에게 전달해 준다.

필이 통해야 옷이 나옵니다

지휘자의 무대 의상은 공식적으로 여름에도 연미복, 겨울에도 연미복이다. 나 같은 경우, '악기들의 올림픽'처럼 특별한 연주회를 할 때 그에 맞는 분위기를 연출하기 위해 축구 선수 복장을 하고 지휘대에 올라서기도 했지만, 그건 아주 예외적인 경우다. 양복의 스타일이 유행에 따라 변하듯이 연미복도 조금씩 변해 가긴 하는데, 청중이 그 변화를 눈치 챌 정도는 아니다. 미국에서는 연미복을 탈피하여 간편하면서도 청중에게 가볍게 보이지 않을 만한 복장을 선보이는 지휘자들이 날로 늘어나고 있는 추세다.

연미복은 특히 엉덩이에 늘어뜨리는 꼬리 부분을 다루기가 어렵다. 아내는 세탁소에서 갓 찾아온 연미복을 정성스럽게 개어서 여행 가방에 넣어주지만, 비행기 타고 오랜 시간 이동하다 보면 가방에서 꺼낸 연미복은 항상 꼬리 부분이 구겨져 있다. 그래서 늘 연미복보다 더 우아하면서도 입었을 때 편하고 가지고 다니기도 편한 옷이 없을까 아쉬워해 왔다.

지난여름 대전에 머물고 있을 때 화가 한 분을 만났다. 그분과 이런저런 이야기를 나누다가 우연히 연미복이 화제에 올랐다. 그랬더니 마침 광주 지역에서 의상실을 하는, 예술을 알고 남도 문화에 대한 애정도 각별한 멋진 친구가 있다며 소개해주겠다고 했다.

그래서 알게 된 사람이 디자이너 김훈 씨다. 첫 만남은 내 연주회장에서였다. 머리를 길러 뒤로 묶고 혈색이 좋아서, 잘생긴 인디언 추장 같다는 첫인상을 받았다.

나는 그날 그가 멀리서 서울까지 올라왔으니, 아마 연주가 끝나고 나면 무대 뒤 지휘자 대기실에서 치수도 재고 새로운 연주복 스타일도 의논하게 되리라고 생각했다. 그러나 그는 연주회가 끝나자 무대 뒤로 다시 나를 찾아와 잠시 인사를 나누었을 뿐, 연주복 이야기는 한마디도 꺼내지 않고 돌아갔다.

그러고 나서 얼마 뒤에 그는 나를 광주로 초대했다.

"2박 3일쯤 시간을 내십시오. 광주 구경도 시켜드리고 즐거운 시간을 보내게 해드리죠."

나는 여러 날 대전을 떠나 있기는 어려운 형편이었기에 하루 날을 잡아 다녀오기로 마음을 먹었다. 아침에 출발하여 광주 금남로에 있는 그의 의상실로 찾아가서 옷도 맞추고 이야기도 나누다가 돌아올 셈이었다.

내가 의상실에 들어서자 김훈 씨는 나를 반갑게 맞아 2층 재단실로 안내했다. 긴 재단용 책상이 놓여 있는 방이었다. 그는 그 재단용 책상 위에다가 흰 종이를 주욱 깔았다. 나는 그가 무슨 작업을 시작하려는 것인지 좀 어리둥절해졌다. 그 위에서 그가 한 작업은 재단이 아니라 회 뜨는 일이었다. 손수 회칼을 익숙하게 놀려 먹음직스럽게 회를 떠서 싱싱한 야채, 남도 식으로 잘 곰삭은 갓김치, 젓갈 같은 맛난 반찬과 함께 내놓았다.

남도창이 구성진 명창 한 분, 도예가 한 분과 함께 즐긴 그 저녁 자리는 내가 서둘러 돌아갈 채비를 하기에는 너무나 정겹고 흥겨웠다. 애초에는 저녁 무렵에 출발하리라고 마음먹었으나, 새벽 1시가 다 되도록 그 자리를 뜨지 못하다가 막차를 타고 대전으로 돌아왔다.

그 다음에도 그런 식의 만남은 이어졌다. 서울 연주에서 다시 만났고, 그 다음 대전 연주 때는 진도 앞 바다에서 갓 잡아 올린 생선을 아이스박스에 담아 왔다. 동행한 두 사람의 예술인과 함께 나를 위해 대전에서 파티를 열어주겠다는 것이었다.

다음 날 아침 해장국집에서였다.

"이제야 감이 왔어요. 어떤 옷을 만들어야 할지 생각이 났어요."

그는 해장국집에서 느닷없이 나를 일으켜 세우더니 차근차근 옷 치수를 쟀다.

디자이너 김훈 씨의 작업 철칙이 "필링이 통해야 옷이 나온다."라는 것임을 나중에 알았다. 지난 긴 시간, 여러 만남은 내게 어떤 스타일의 옷이 어울릴지를 모색하는 일련의 창작 과정이었음을 나는 그제야 깨달았다. 그는 지휘봉을 잡고 무대 위에 섰을 때의 내 모습에서 일상적인 모습까지 가까이에서 관찰하며 뚜렷한 아이디어가 떠오르기를 기다렸던 것이다. 그 과정에서 쌓인 인간적인 유대감은 그의 이런 독특한 디자인 작업의 또 다른 산물이라고나 할까.

그렇게 해서 만들어진 디자이너 김훈 씨의 작품을 지금도 잘 입고 있다. 간편하고 잘 구겨지지 않으면서도 나만의 스타일이 잘 살아나도록 섬세하게 고안된 옷이라는 걸 입을 때마다 느낄 수 있다. 미국에서도 아주 반응이 좋았다. 참신하고 모던해 보이고, 무엇보다도 연미복을 입었을 때보다 키가 더 커 보인다는 게 주위 사람들의 반응이었다. 김훈 씨는 매듭에 대한 연구가 깊고, 매듭을 비롯한 한국적 소재를 양장에 도입하는 것을 즐기는 디자이너이다. 내 연주복에도 어딘지 모르게 한국적인 요소가 가미되어 있어서 미국인들에게 더 색다른 느낌을 주는 게 아닌가 싶다.

김훈 씨는 내가 대전 시향에 있을 당시 내 연주를 보러 광주에서 어디까지라도 마다하지 않고 달려오곤 했다. 대전 시향 덕분에 고국에서 지내는 나날이 많아지면서 이런 소중한 인연도 많이 맺게 되었다. 고국이 내게 준 기쁜 선물이다.

지휘자의 음악 만들기

지휘자가 음악을 만들어나가는 작업은 건축물을 짓는 과정에 비유할 수 있다. 건축가의 설계도에 해당하는 것이 지휘자에게는 총보, 다시 말해서 오케스트라의 악기들이 각 파트별로 맡아 연주하는 음악 내용이 모두 다 담겨 있는 악보다. 건축가가 설계도를 기본으로 하여 주어진 시간 안에, 주어진 땅 위에, 주어진 예산을 가지고 집을 짓듯이 지휘자도 그렇게 음악을 만든다. 그러므로 지휘자에게 음악 만들기의 가장 기초이면서 중요한 작업은 설계도를 분석하는 것이며, 이 작업이 '총보 읽기'이다.

어찌 보면 지휘자의 커리어란 결국 자기 손때가 묻은 총보를 쌓아나가는 것이라고 할 수 있다. 오케스트라를 통해 한 곡의 음악을 완성하기까지의 연구, 분석, 고민, 시행착오, 아이디어, 새로운 모험, 문제점, 단원들에게 요청했던 사항……. 그 모든 흔적이 지휘자의 총보에 깨알 같은 메모로, 색색의 밑줄로, 동그라미로 남는다. 그래서 지휘자들이 세상을 뜨게 되면 그의 음악적 자취가 고스란히 담긴 해묵은 총보들은 천금보다 귀한 자산으로 남는다. 비행기를 자주 타는 나는 악보가 든 가방은 절대 짐으로 부치지 않는다. 다른 것은 다 잃어버려도 변상을 받을 수 있지만 내 손때 묻은 악보는 한 번 잃어버리면 그 손실이 너무도 크기 때문에 악보만큼은 언제나 내가 지니고 다닌다.

총보 읽기를 나는 쉽게 만화책 보기 또는 만화책 만들기에 비유하고 싶다. 만화책을 읽을 때 우리는 페이지를 쭉쭉 넘겨가며 이야기가 펼쳐지는 대로 따라가다가 이해가 안 되면 다시 한 번 앞으로 되돌아와 보고, 다시 쭉쭉 넘어가다가 '무슨 내용이었지?' 하며 몇 페이지 거슬러 올라가곤 한다. 총보도 그렇게 읽어나간다. 그러면서 되풀이해서 내 나름대로 색깔, 즉 음악을 입혀본다. A섹션에서 B섹션까지 이 색을 칠해보고, B섹션에서 C섹션까지는 저 색을 칠해보고, 다시 A섹션에서 C섹션까지 전체를 다른 색으로 칠해보기도 한다. 그러는 과정에서 총보 자체가 살아 움직이며 하나하나의 음향으로 다가오다가 마침내 구조물로서 보이기 시작한다.

이제 그 구조물을 앞에서 보고 뒤에서 보는 식으로 다각적으로 관찰한다. 마치 남대문이라는 보물을 여러 방향에서 관찰하듯이 말이다. 총보를 본다는 것 자체가 일종의 구조물의 연구다. 작곡가가 그려놓은 8분 쉼표 하나의 의미, 늘임표 하나의 의미를 끊임없이 캐고 또 캐어서 숨은 의도를 발견해내고, 재해석해내는 일이 이 단계에서 지휘자에게 요구된다.

그리하여 똑같은 베토벤 교향곡 5번 〈운명〉이라도 지휘자에 따라 수천, 수만 가지 모습으로 재해석되어 거듭나게 되는 것이다. 사람들이 지휘자마다의 개성과 빛깔을 이야기하고, 한 교향곡을 두고도 카라얀의 해석과 번스타인의 해석 사이에서 취향이 갈리는 것이 이 때문이다.

이 과정을 통해 첫 마디부터 마지막 마디까지 완벽한 '나의 사운드'가 정립이 되었을 때 비로소 오케스트라와의 공동 작업인 리허설이 시작된다.

첫 연습이 시작되기 전에 지형을 살핀다. 다시 말해 곡을 연주하게 될 오케스트라의 여건을 살피는 것이다. 지형을 잘 파악하여 거기에 맞는 집을 짓지 않으면 아무리 훌륭한 구조물이라도 불안정하고 위태로운 모습을 하게 될 수밖에 없다. 바위 위에 지어야 하는 집인지, 산을 깎아 그 위에 지어야 하는 집인지, 바닷가에 짓는 집인지를 가려 판단해야 한다. 또 주변의 여러 집들과 조화를 이루어야 하는 집인지, 주위 분위기와 상관없이 마음껏 독창성을 발휘해서 지어도 되는 집인지도 중요한 고려 사항이다.

그 다음에 비로소 기초 공사에 들어간다. 낮은 음역을 담당하는 악기에서부터 악기 하나하나를 이용하여 차곡차곡 아름다운 화음을 쌓아나가는 과정이다. 청중들의 귀에 가장 먼저 들어오고 오래 남는 것은 제1바이올린이나 플루트 같은 높은 음역을 담당하는 악기의 뚜렷한 선율들이다.

그러나 사실 오케스트라 음악 만들기에서 그 못지않게 중요한 몫을 담당하는 것이 저음역을 담당하는 악기들이다. 콘트라베이스나 첼로는 모든 현악기의 음정과 화음 구조를 잡아주는 기둥 역할을

지휘자에게 음악 만들기의 가장 기초이면서 중요한 작업은 설계도를 분석하는 것이며, 이 작업이 '총보 읽기' 이다. 같은 음악이라도 지휘자의 연구와 분석, 고민, 모험, 아이디어들이 쌓여 수천, 수만 가지 모습으로 재해석되어 거듭나는 것이다.

한다. 목관의 경우에도 제4호른, 제3바순이 플루트나 제1호른, 제1바순보다도 더 중요한 역할을 할 때가 있다.

이렇게 밑에서부터 탄탄하게, 차곡차곡 집을 지어나가야 한다. 어느 한 구석도 흔들림이 없도록 견고하게 쌓아나가야 할 뿐만 아니라 거기에 쓰이는 재료가 누구나 공감할 만한 것들이어야 한다.

그 다음은 아름답게 꾸미는 일이다. 말하자면 인테리어 과정이다. 상들리에는 어떤 것을 선택할 것이고, 벽은 어떤 색으로 바를 것이며, 바닥재는 무엇을 깔 것인가. 이때의 선택에 따라 화려한 집이 탄생할 수도, 수수한 집이 탄생할 수도, 탁 트인 간결한 공간의 집이 탄생할 수도 있다.

솔직히 말해서 지휘자는 '비평은 필요악'이라고 치부해버릴 때가 많다. 내 스스로 첫 소리부터 마지막 소리까지를 가장 예민하게 느끼고 소중하게 다루고 고민하며 만들어냈기에, 그 과정을 제대로 이해하지 못하고 쓴 비평을 대할 때 허망해진다. 건축가가 어떤 고려 아래 어떤 의도를 가지고 지은 집인지 잘 알아보려고도 이해하려고도 하지 않은 채 집을 휙 둘러보고는, 집 구조에 문제가 있다, 인테리어가 잘못되었다 방 배치가 적절치 않다고 지적하는 건축 비평가가 있다고 치자. 집을 지은 사람은 별로 귀 기울일 필요를 느끼지 못할 것이다.

물론 음악을 깊이 이해하고 진지하고 따끔한 지적을 해주는 비평은 음악의 발전을 위해 꼭 필요하다. 그러나 근거가 불명확한 주관적 리뷰는 지양해야 한다. 그보다는 연주회에 앞서 대중들에게 앞으로 있을 연주회를 알리고 내용을 소개해주는 프리뷰가 더 늘어나는 게 바람직하다고 생각한다. 그런 기사들이 많아져서 우리 클래식 공연 시장을 키워주고 클래식 청중을 계도해주었으면 좋겠다고 한다면, 너무 집 지은 사람 입장에 치우친 발언이 될까.

나의 딸, 멜로디

 나에게는 딸이 하나 있다. 이름은 멜로디.

"아유, 누가 음악 하는 사람 아니랄까 봐 딸 이름도 '멜로디'라고 지었네요!"

딸의 이름을 말하면 사람들은 이런 반응을 보인다. 그러면 나는 이렇게 대답하곤 한다.

"아들도 하나 있었으면 이름을 '하모니'라고 지었을 겁니다."

이 말은 사실이다. 아이를 좋아하는 나는 여러 명의 자식을 원했지만 하나님은 우리 부부에게 멜로디 하나만을 주셨다. 하나를 잘 키우라는 분부로 알고 감사하며 키우고 있다.

멜로디는 우리 부부의 가장 가까운 친구이기도 하다. 나는 아이가 어릴 적부터 연주 여행을 다닐 때 여건이 되면 되도록 멜로디와 아내를 동반하려 애썼다. 내가 바빠서 그들과 함께하지 못하면 그녀들은 둘이서라도 열심히 뭉쳐 다녔다. 아내는 아마도 멜로디와 함께 뉴욕 시내를 누비고 다니며 브로드웨이의 뮤지컬을 거의 모두 관람했을 것이다.

멜로디는 나만큼이나 드라마틱한 성격을 가지고 있다. 지금 고등학교 2학년에 다니고 있는데, 학교에서 연극반 부회장을 맡고 있다. 어렸을 적부터 음악을 가까이 해왔지만 지금은 오히려 연극과 문학에 더 열정을 보이고 있다. 한번은 학교 연극 공연 무대에서 주인공을 맡았다기에 아내와 함께 가서 관람을 했는데, 연기도 자연스럽거니와 감정 표현도 아주 일품이었다. 연극이 끝난 뒤 아이에게 "멜로디, 너는 무대에서 떨리지 않니?" 하고 물었더니 "아빠, 나는 무대에서 연기할 때가 가장 편해요"라고 대답하는 것이 아닌가. 옆에서 이 말을 듣던 아내가 "아빠의 피를 이어받았으니……" 하며 웃었다.

멜로디는 연극 공연을 준비하는 과정에서 겪은 다양한 체험들을 통해 아빠인 나의 연주 무대를 보는 눈도 많이 달라졌다고 한다. 환한 조명을 받는 무대 위의 화려함보다 무대 뒤에서의 힘들고 고독한 준비 과정에 이제 더 많은 시선과 마음이 간다고 하였다. 한결 성숙해진 딸을 바라보는 나의 마음은 자랑스러운 뿌듯함과 마냥 달콤하지만은 않은 세상을 살아야 하는 자식을 바라보는 안쓰러움이 복잡하게 얽혀든다. 항상 품 안에 데리고 있을 어리고 철없는 자식인줄만 알았는데, 이제 서서히 홀로서기를 해야 하는 시간이 다가오고 있음을 느낀다.

멜로디가 대학에 들어가 집을 떠나야 하는 날이 되면 우리 부부는 아주 많이 쓸쓸해질 것 같다. 더 이상 잠든 딸의 방 불을 꺼주러 들어갈 일도, 어지럽게 집안 여기저기 벗어놓은 옷가지를 피해 다닐 일도, 집안을 소란스럽게 왔다 갔다 하는 소리를 들을 일도 이제 얼마 남지 않았다고 생각하니 벌써부터 가슴이 허전해진다. 그 동안 우리 부부가 이렇게 소중한 특권을 너무나 당연히 생각하며 누려왔구나 하는 생각이 든다. 때로는 시간이 여기서 딱 멈춰 아이가 더 이상 나이를 먹지 않았으면 하고 생각하는 것은 자녀를 키우는 부모라면 누구나 한 번쯤 가져본 경험일 것이다.

이렇듯 하루하루 부적 커가는 멜로디를 보며 시간을 아까워하는 내게 어느 날 정말로 아찔한 순간이 찾아왔다. 딸에게 좋아하는 남자 친구가 생긴 것이다. 우리 집에서 가장 늦게 잠드는 내가 자정이 훨씬 지난 시간에 잠을 청하려 침실로 들어가는데 멜로디 방에 불이 켜 있는 것이었다. 불을 켜놓고 잠든 줄 알고 불을 꺼주려고 멜로디 방에 들어가는데, 어디서 소곤소곤하는 소리가 들려왔다. '이상하다. 방에는 아무도 없는데 어디서 나는 소리지?' 하며 가만히 살피는데, 놀랍게도 벽장에 붙어 있는 옷장 안에서 멜로디가 누군가와 전화 통화를 하고 있는 것이 아닌가? 그 순간, 드디어 올 것이 왔구나 하는 생각이 들었다.

전부터 지나가는 말로 멜로디에게 "대학 입학 전까지는 남자 친구 사귈 생각은 하지 마라"고 얘기했었기에 나는 딸의 남자 친구를 받아들일 마음의 준비가 아직 되어 있지 않았다. 나 역시 사춘기 시절에 좋아하는 여학생이 있었고 그 여학생 얼굴을 보기 위해 등굣길에 동네 골목 어귀에서 서성거린 일도 있었건만, 미국과 한국의 데이트 문화가 다른 것을 핑계로 딸만은 좀 천천히 남자 친구를 가져주기를 바랐다. 대중교통이 보편화되지 않아 16살만 되면 운전을 할 수 있는 미국은 청소년들의 교통 사고율이 가장 높은 곳이기도 해서, 우리 부부는 멜로디가 틴에이저들이 운전하는 차에 타는 것을 절대 허락하지 않는다. 힘이 들더라도 꼭 아내가 직접 운전을 하여 멜로디를 친구와의 약속 장소에 데려다주고 데려오곤 한다. 또 비교적 안전한 한국의 거리, 특히 밤거리 문화와 달리 미국은 위험한 요소들이 사방에 잠재하고 있다.

바로 다음날, 나는 멜로디에게 남자 친구를 집으로 초청하라고 했다. 반드시 축구할 준비도 해오라고 덧붙였다. 이렇게 해서 드디어 동네 축구장에서 오십이 다 돼가는 나와 17살의 딸의 남자 친구가 축구로 첫 만남을 가졌다.

"준, 우선 자네의 열정과 체력을 보겠다. 전반 세 골 후반 세 골을 먼저 넣는 사람이 승리하는 거다, 준비 됐나?"

나의 물음에 그 청년은 "예, 미스터 함" 하고 대답했다. 그는 다른 운동은 다 잘하는지 몰라도 축구만은 나보다 못했다. 결국 한 골도 넣지 못하고 무참하게 6대 0으로 나에게 패했다.

집으로 돌아와 저녁 식사를 함께 한 후 둘을 앉혀놓고 이렇게 운을 뗐다.

"나는 너희들이 좋은 교육을 받고 자라났고 앞으로 사회에서 훌륭한 리더들이 될 것이라고 믿는다. 다만 너희 나이 때에는 내 경험에 비추어 볼 때 자신을 조절하는 능력이 때로는 약하기 때문에 내가 그것을 도와주어야 한다고 생각한다."

멜로디와 준은 심각한 표정으로 내 말을 듣고 있었다.

"그래서, 나는 다음과 같은 조건 하에서 너희들이 사귀는 것을 허락한다. 첫째, 공부에 지장이 있을 때는 만남을 중지해야 한다. 내 말에 동의하니?"

둘은 자신 있는 소리로 "예"라고 대답했다. 나는 계속해서 "둘째, 둘이 만나는 장소는 꼭 우리 집이어야 한다. 일주일에 세 시간, 주말에만 가능하고, 우리 가족과 함께 식사와 운동을 하는 거다" 하고 말했다. 준의 표정이 어리둥절해진다. 이건 아니잖아요, 하고 호소하는 표정이다.

나는 약해지려는 마음을 수습하고 내친김에 마지막 못을 박았다. "셋째, 멜로디는 틴에이저가 운전하는 차를 타는 것을 허락하지 않는다는 우리 집 원칙에 따라 준이 운전하는 차를 탈 수 없다. 혹 밖에서 만나거나 쇼핑하거나 영화를 볼 일이 있으면 멜로디 엄마가 함께 동반한다."

여기까지 말하니 둘이 완전히 경악하는 표정이 된다. 이제 겨우 막 사귀기 시작한 젊으나 젊은 청춘들인데, 둘만 시간을 보낼 수 없고 가족 앞에서 공개 데이트를 하라니, 그것도 나와 축구를 하거나 복식 테니스 등을 하면서 시간을 보내야 한다니 얼마나 난감한 일인가.

여자 친구 아빠의 까다로운 데이트 지침 때문인지, 얼마 지나지 않아 둘은 당분간 서로의 학업에 전념하기로 했다고 한다. 가장 중요한 때에 중요한 결정을 내려준 착한 딸에게 고마움을 느낀다.

학벌 그게 뭔가요

 "저, 함 교수님은 줄리아드에서 공부를 하셨나요?"

"아닌데요."

"그럼…… 커티스 음악원을 나오셨습니까?"

"라이스 대학과 이스트만 음악 학교에서 공부했습니다."

"아, 그러세요. 그러면 한국에서는 서울대에서 공부하셨겠네요?"

"아뇨, 한국에서는 건국 대학교를 졸업했습니다."

미국에서 한인 교포들을 만나면 자주 이루어지는 대화 내용이다. 나의 출신 학교를 궁금해 하는 사람들에게 한국의 건국 대학교를 졸업했다고 대답하면 대부분은 눈을 동그랗게 뜨고 놀라는 표정을 짓는다. 미국 아이비리그 중에서도 가장 명문으로 꼽히는 예일 대학에서 교수를 하는 사람이 한국 대학, 그것도 일류대도 아닌 건국대 출신이라니, 하는 표정이다.

한국 사람들은 유난히도 출신 대학교에 집착을 한다. 미국으로 이민을 와 수십 년째 살고 있는데도 교포 사회에서 한국 사람들끼리 만나면 가장 먼저 오가는 대화가 "몇 학번이십니까?"와 "어느 대학을 졸업하셨나요?"이다. 그것만 알면 그 사람에 대한 정보를 이미 대충 다 알았다는 표정이 된다. 학교를 1등부터 순서대로 열을 매기고 그것으로 사람의 질과 값어치도 매기는 한국 사회의 학벌 문화가 뿌리 깊이 박혀 있는 것이다.

미국은 최종학력을 중요시하는 사회다. 하버드에서 누가 석사를 했다면, 그가 시골구석의 이름 없는 대학을 나왔든 하버드 학부를 졸업했든 똑같이 대우를 해준다. 한국에서는 아무리 좋은 대학원에서 석사 박사를 해도 지방의 이름 없는 대학이나 소위 말하는 삼류 대학에서 학부를 마쳤다면 잘 인정을 해주지 않는 것 같다. 그 사람이 대학에 들어와 노력을 많이 하고 실력이 향상되었다 해도 출신 대학은 그 사람의 숙명처럼, 꼬리표처럼 평생을 따라다니는 것이다. 거짓말이라고 믿고 싶지만 한국에서 지방대생이나 삼류대생은 대기업에 입사원서를 내봤자 아예 따로 분류되어 심사 고려 대상에 들어가지 않는다고 한다.

"신익이는 미국에 갔으니 망정이지 그렇지 않았다면……."

지금도 아버지는 나를 가끔 보실 때마다 이렇게 말하신다. 네가 대학 간판이 훌륭하지 않으니 한국에 있었다면 어찌 살아남을 수 있었겠니, 하는 표정이시다. 평범하게 살고자 하는 사람에게는 큰 문제가 아닐 수도 있겠지만 조금 더 큰 꿈을 가지고 일하고 싶은 사람, 조직의 리더가 되고 싶은 사람, 그리고 나같이 시장이 좁은 음악계 같은 곳에서 일하고 싶은 사람에게는 어떤 학벌과 어떤 배경,

연줄을 가지고 있는가가 실력 이상으로 중요한 것이다.

하지만, 나는 묻고 싶다. 내가 4년간 음악 교육을 받은 건국대가 일류가 아니라고 누가 장담할 수 있는가라고. 건국 대학은 내 음악 인생에 가장 큰 영향을 준 김원복 선생님을 만나게 해 주었고, 또 나같이 가난한 학생에게 장학금을 주어 학업의 꿈을 버리지 않도록 해주었다. 김문자 선생님은 로베르트 슈만의 〈시인의 사랑〉을 반주한 나에게 "너는 어쩜 그렇게 음악적인 감성이 좋으냐?"며 나의 음악적 재능에 긍정의 힘을 불어넣어 주셨고 또한 황철익 선생님은 막연하게 가지고 있는 지휘에 대한 뜻을 펼칠 수 있도록 다독이고 격려하는 한편 더 나아가 지휘 무대에 설 수 있도록 천금 같은 기회를 만들어 주셨다. 그 외에도 백원정 선생님 같은 젊은 분들은 학생들과 인간적인 유대감을 가지고 마치 형처럼 누나처럼 하나하나 보살피며 부족한 시설 속에서도 결코 주눅 들지 않도록 이끌어주었다.

건국대는 내가 음악과 지휘에 대한 열정을 잃지 않도록 용기와 영감을 준 곳이다. 학교가 나에게 필요한 양분을 주고 내가 그 안에서 양껏 자랄 수 있었다면 그 학교가 바로 자신에게는 최고의 일류 학교가 아니겠는가? 남들이 아무리 일류로 꼽는다 해도 그 학교가 나에게 양분이 되지 못했다면, 내가 그 안에서 제대로 성장하지 못했다면 남들의 평가와 상관없이 그 학교는 3류, 4류가 되는 것이다.

이곳 미국에도 좋은 학교를 정하는 요소들이 여러 가지 있지만,

한국처럼 학벌이나 간판에 휘둘리는 문화는 없다. 남들이 다 부러워하는 하버드, 예일이라도 내가 싫으면 그만이고, 나의 경제적인 사정과 계획에 따라 실용과 실리에 의해 판단하고 결정한다.

나 역시 예일 음대 대학원생을 뽑을 때 그들의 출신 학교를 전혀 문제 삼지 않는다. 특히 실기 오디션 전까지는 지원자들의 입학 원서를 읽지도 않는다. 우선 지원자들의 연주 실력으로만 평가할 수 있게 하고, 그 다음에 추천서들을 참고할 뿐이다. 학생의 자질과 앞으로의 발전 가능성을 보는 게 나의 심사 원칙이다. 아무리 훌륭한 학부를 졸업했어도 그들이 가지고 있는 재능이 얕고 지식과 기술적인 면에만 치우쳐 있으면, 후에 있을 음악 현장에서의 본격적인 경쟁에서 살아남을 수 없기 때문이다.

학교의 등급을 정하는 데는 학교의 재정과 예산, 교수의 질, 학교 시설, 연구 실적, 학생들의 시험 성적 등이 객관적인 자료가 될 수 있다. 일류 학교에서 공부하려면 물론 두뇌도 우수해야 하고 또 좋은 교육 환경을 제공해주어야 실력 있는 전공자가 배출된다는 것도 분명한 사실이다.

사실 예일 대학에서 일해 보니 가르치는 학생 중에 우수한 면을 보여주는 일류 학생들이 많음을 보고 가끔 놀라기도 한다. 하지만 그런 반면에 어떤 이유로 오늘에 이르기는 했지만 앞으로의 미래는 전혀 짐작할 수 없는 학생들도 많이 보인다.

학벌만을 놓고 볼 때 나처럼 모호한 사람도 없다. 한국에서 남들이 말하는 소위 일류 대학을 다니지 않았고 많은 음악학도들이 걸어온 예술 중학교, 예술 고등학교 근처에도 가본 적이 없는 사람이 음악의 최고봉인 오케스트라 지휘자가 되어 있으니 말이다. 남들이 말하는 정통 코스를 밟아본 적이 없고, 주어진 탄탄대로를 걸어오지도 않았으며, 그저 그때그때 여러 선생님들을 찾아다니며 내게 필요한 것을 배우고 취하는 방식이었다.

자기 인생 과정에서 꼭 필요한 스승을 적당한 시기에 만나는 것은 큰 행운이다. 하지만 그런 선생을 꼭 예일이나 줄리아드, 커티스 음악 학교에서만 만나라는 법은 없다.

미국에서 여러 오케스트라단의 음악 감독을 맡으며, 또 오늘날 예일대의 정교수가 되는 과정에서 나의 출신 대학이 문제가 된 적은 없다. 심지어 나는 박사 학위도 없다. 이스트만 음악 학교에서 모든 박사 과정 과목의 이수를 마쳤고, 졸업에 필요한 연주와 다른 연주자 과정에는 없고 오직 지휘과에서만 요구하는 어려운 논문 집필도 끝을 냈지만 마지막으로 박사가 되기 위해 통과해야 할 시험을 보지 않아 박사 학위를 아직도 따지 못한 셈이다. 그 전에 나를 필요로 하는 오케스트라와 학교가 나타나 현장에 뛰어들었기 때문이다. 예일에서는 나의 이런 경험을 오히려 더 높이 사주었고, 박사 학위가 없다는 이유로 어떤 불이익도 주지 않았다.

예일 음대 연주 교수들의 면목을 보면 세계적인 연주자들인데도 석사 학위 없는 사람들이 대부분이다. 연주자는 연주로 모든 것을 말하기 때문이다. 미국에서 가장 중요시하는 것은 실제적인 실력이다. 선생의 좋은 연주를 통해 학생들이 좋은 교육을 받을 수 있는 것은 두말할 나위도 없다. 내가 존경하는 피터 프랑클, 클로드 프랑크, 알도 파리소 같은 분들의 연주와 교수법은 학위나 출신 학교로 평가받은 것이 아니다. 그 누구도 그들이 어느 학교 출신인지 묻지 않는다.

학벌이 아닌 실력을 묻는 사회. 한국 사회가 그렇게 되기 바란다. 간판 하나로 많은 젊은이들이 꿈을 접는 사회가 되지 않기를 바란다.